书籍的慰藉

[增补版]

■黄成 著

书籍是幸福时期的欢乐，
痛苦时期的慰藉。

金城出版社
GOLD WALL PRESS
·北京·

图书在版编目（CIP）数据

书籍的慰藉：增补版 / 黄成著 . —北京：金城出版社有限公司，2021.6
ISBN 978-7-5155-2055-1

Ⅰ. ①书… Ⅱ. ①黄… Ⅲ. ①随笔－作品集－中国－当代 Ⅳ. ① I267.1

中国版本图书馆CIP数据核字（2021）第007239号

书籍的慰藉：增补版

作　　者 黄　成
责任编辑 雷燕青
责任校对 郝俊伟
责任印制 李仕杰
开　　本 880 毫米 ×1230 毫米　1/32
印　　张 9.25
字　　数 150 千字
版　　次 2021 年 6 月第 1 版
印　　次 2021 年 6 月第 1 次印刷
印　　刷 天津旭丰源印刷有限公司
书　　号 ISBN 978-7-5155-2055-1
定　　价 49.00 元

出版发行 **金城出版社有限公司** 北京市朝阳区利泽东二路 3 号　100102
发 行 部 (010) 84254364
编 辑 部 (010) 64210080
总 编 室 (010) 64228516
网　　址 http://www.jccb.com.cn
电子邮箱 jinchengchuban@163.com
法律顾问 北京市安理律师事务所　（电话）18911105819

书籍是幸福时期的欢乐，
痛苦时期的慰藉。

——伯利《书之爱》

目录

壹 书籍的慰藉

贰 书籍与书房

叁 书籍的隐喻

肆 阅读的变奏

伍 一张旧书单

壹

书籍的慰藉

书籍的慰藉

卡尔维诺在《未来千年文学备忘录》英译本前言中说："我对于文学的前途是有信心的，因为我知道世界上存在着只有文学才能以其特殊手段给予我们的感受。"

卡尔维诺的这句话，不仅给了文学爱好者以信心，同样，也给了嗜书瘾君子以慰藉（以一本仅有 88 页的小册子的形态）。因为，文学和书籍一样，都面临着其他艺术载体与承载平台的冲击。

请允许我略微改动卡尔维诺的原话，我想借卡尔维诺告诉广大嗜书瘾君子："对于书籍的前途要抱有信心，因为世界上存在着只有书籍才能以其特殊手段给予我们的感受。"这种感受，就是书籍的慰藉，也是一个正常人之所以会沦为嗜书瘾君子的原因。

博尔赫斯也认为，书的消失是不可能的，因为读书是一种幸福，"书是为了读后永志不忘"，因为书里保存着"某种神圣的、奇妙的东西"，能够帮助我们实现寻求幸福、寻求智慧的愿望。

如何回报书籍的慰藉

对于领受书籍慰藉的读者，你拿什么来回报书籍的慰藉？也许有人会说，读它。确实，读一本书，是对一本书最大的褒奖。但我说的是，如何回报书籍的慰藉。正如对于一位帮助你良多的朋友，在他落难时，你决不能只回报以精神上的支持，你还应该拿出更实际的行动。

譬如，当一本书落难，被追索，被撕裂，你就应该勇敢地站出来，为你从中获益良多的书籍发出实际的控诉，如果有可能，你还应该寻找它，收留它，守护它。

一本印量不多的书籍，价值自然是日渐升高，但这并不是书籍本身的价值，而是其拥有者的估价。一本书最大的价值在于畅通无阻地得到复制与传播。

也许你曾抱怨街头复印店收费涨价，复印一页竟然要一元钱，那么，想想你的那些物美价廉的小书吧，制作复印版的价格绝对高于图书定价数倍！

回报一本书的最佳途径，莫过于不止一次地购买它，使它的价值得到充分的凸显，甚至促成它的重版。这对于复本爱好者来说，无疑是一大安慰。

嗜书者的誓言

你永远无法相信一个嗜书瘾君子的誓言。“就这一次，下次再也不买了！”如此信誓旦旦，这样的话你应该听过或者说过无数遍。但是，下一次，总还会有下一次的理由。何况，现在网络书店频繁推出各种促销活动，若非真的弹尽粮绝、无法拆东墙补西墙的话，你是不会消停的。即使消停，也只是暂时的。

请原谅一个嗜书瘾君子的“谎言”，他的誓言多半是真诚的，他也非常希望自己能够摆脱“嗜书症”的困扰，和正常人一样，看到一本书不至于两眼放光，不至于一切都以书籍作为衡量标准，不至于手不释卷忘乎所以，不至于目空一切书籍至上，不至于为了满足一己之私而影响家庭和谐……但是，他实在找不到书籍的替代品，他的一呼一吸都与书籍紧密相连，他已和书融为一体。

嗜书如命的瘾君子

对于同种病症，不同的医生可能会有不同的看法。对于“嗜书症”来说也是如此，你无法用硬性指标来判断。但有一点是肯定的，嗜书症患者嗜书如命，终其一生。

举个例子来说吧，嗜书者必然会尽力去打造一个属于自己的“书房”，倘若条件不允许，也必然会尽力去打造一面“书墙”；假若再不济，也会尽力去打造一个“书架”；即使出门在外，如果时间较长，也会在旅行箱里装上一摞书，放在近旁；平时出门，定要随身携带一本书……总之，书籍是居家旅行必备之“良药”。

当然，带一本书去旅行，对于旅程来说，一定是惬意的。但在出行前的那一刻，注定是纠结的。这种纠结是可怕的，令人抓狂的，很有可能使一个嗜书症患者最终演变为精神分裂患者，当然，这需要一个漫长的过程。

同时，嗜书者的书架，不会是整齐划一的，不断涌入的新书，时时考验着书架的承受能力，也考验着嗜书者的心理承受能力。

一旦整理起来，面对一屋子无序堆放的书籍，面对暂时失去正常秩序的书房，嗜书者如果没有很好的心理承受能力，完全有可能崩溃，他会不停地问自己：“书斋书灾，这是何苦来的呢？”

不过，只要书房重新恢复秩序——一种暂时的、新的秩序，嗜书症患者便渡过难关，他精疲力竭、绞尽脑汁，终于将那堆看起来不可能全部塞进书架的书，又整了回去，虽然还留了一点在外面。不过没关系，可以暂时随意地立在书架前沿空出的位置上。虽然会挡住后面的那排书脊，但为了给剩余的书一个安置，暂且如此吧。只是，好比将一个人置于无遮无拦的阳台前沿，心里往往有点小纠结。

一本本的书，就那样立在书架的最前沿。当嗜书者起身去找某本书时，一不留神，便会引起某一本或数本书的坠落，在书完成自由落体的同时，嗜书者简直不敢相信自己的眼睛，书籍局部发生凹陷或折损，嗜书者不停地咒骂自己，他突然感到一阵心绞痛——对于带给我们无限慰藉的书籍的遭遇，作为嗜书者，怎么能不感同身受？

这个例子告诉我们，当一本书坠落，而这种坠落又使某个人感到心痛，我们可以肯定地说：这是一个嗜书瘾君子。

等待救赎的灵魂

一个嗜书者同时也是一个怀旧的人。在他的书籍王国中，那些久远的已逝的灵魂以一种特殊的形态，占据着大片领土，英姿挺拔，容光焕发，在书籍的王国里，获得了永生。

当一个嗜书者尚处于穷困潦倒中，无法尽兴地买书，在即将走出书店的那一刻，他只能眼巴巴地看一眼钱包，然后，仅带走这一本或者那一本，他慌乱地带着这个灵魂逃出书店。

身后，是无数灵魂挥动的双手，他们依然在等待救赎。

复本情结

与日后大批购入的书不同，嗜书者不会忘记早年所买的书，那多半是一本一本慢慢搜集来的，每一本都经过久久的摩挲，每一本都经过细细的翻动，每一篇前言后记都印象深刻，每一页都经过扫描，书前书后都是那么熟悉。而大批购入的书，总在考验着你的记忆力，使你不敢轻易下手——这本书我是否已买过？现在又藏在哪里？不过，这并不妨事，因为作为一个嗜书者，复本也是一种常态，同样一本书，即使买了 10 个版本，你也不要过于大惊小怪，你要容忍，要像一座宽容的书架一样，默默地接受一切。

对于嗜书瘾君子来说，像《查令十字街 84 号》这样的书，难道不值得收上 10 本？这可是“爱书人的圣经”哩。像《看不见的城市》这样的书，难道不值得多收几本？一本好书，难道不值得为之搜集不同时期、不同出版社的不同版本？

嗜书者总是能以各种理由说服自己去买书。尤其是当他得知唐代陆龟蒙也曾言其“癖好藏书，本皆有复”，更是给了他精神上的支持，那句话甚至成为他的座右铭。可以说，在买书这件事上，不论做出什么事来，他都不会后悔的。

书痴的悔恨

然而，嗜书者又时常活在悔恨当中。应该说，悔恨源于记忆，假如某种记忆消失，根本无从想起，又何从引发悔恨呢？这并不是说嗜书者记忆力很强，博闻强识，能够一目十行。相反，对于嗜书者来说，能够细细地品味一本书或者某一页书，仿佛蜗牛一样，在静好的岁月中缓缓爬过，并留下难以消逝的痕迹，这样的时光，是美好的。

当然，能够通过快速翻阅掌握一本书的主要信息，对于嗜书者来说也是很重要的一种能力，意味着一个嗜书者拥有统治所有书的权力。他必须倚靠这种能力，不断扩张自己的版图。但是，当他凝视自己的书籍王国时，他的心中便会涌起那些遗珠之憾。他感到，他所得到的，并不比他失去的多；或者说，他所错过的，并不比他拥有的少。

有些书，在犹犹豫豫中错过了，在“有眼无珠”（当你错过一本好书，你会这样责骂自己的）时错过了，便再也无从寻觅。然而，这些书影却又时常出现在你的梦中，成为一个个无法弥补的遗憾。如同那些旧时光，再也无法重现。

还有什么比错过《福楼拜小说全集》（三卷本）、《契诃夫小说全集》（十卷本）……更令你感到沮丧？它们曾经就在眼前啊。

多年后，当《福楼拜文集》（五卷本）和《契诃夫小说全集》（十卷本）以精装新版的全新面貌出现时，你已充分吸取教训，决心不再让旧版的遗憾发生在新版身上，那么，趁着货源充足，多买几套吧。

天堂不是图书馆

当然，有人会说，你所说的书，图书馆都有啊，还可以下载电子书啊。但对于嗜书者来说，最无法容忍的，莫过于面对一本好书，却无法拥有它、占有它，哪怕这种占有并非永久，只是在嗜书者的有生之年。

嗜书者不会忘记，博尔赫斯曾经想象，“天堂应该是图书馆的模样”。但图书馆只会激发起他的欲望之火，使他陷入无限的渴望与失望的深渊。对于嗜书者来说，所有无法得到的书，共同筑成了一座地狱；而他所得到和即将得到的书，共同筑成了一座天堂。

一本尚未摊开的纸书，与一个尚未打开的电子书，并没有很大的区别，只是一个实体形式，一个快捷方式。而一本摊开的纸书比一本打开的电子书，更具有神奇的魔力。一本摊开的纸书，可以被拂过面颊的风吹起书页，可以任目光在书页上跳跃，可以倾听书页翻动时的浅吟低唱，可以鼓动你的鼻翼嗅到淡淡的书香，可以贴近你的怀抱静听你的心跳，摩挲书页的感觉可以带给你无限的想象……因此，除非万不得已，你不会去下载电子书。

当你在屏幕上读一本书，你并没有注意到，是屏幕发出的光，在阅读你的脸。而当你在舒适的阳光下阅读一本书，那时，是你的目光，温柔地扫过字里行间，那是一种愉悦的享受。

再论复本情结

如果不是遇上那些书，我不会知道，自己的复本情结如此严重。起初，是非常喜欢的书，买上两本，告诉自己，一本读，一本藏。事实也确实如此。

像《鲁迅杂文全集》，我买了两本，一本随意写画，一本全新收藏。又如译林版《审判》，一本由于随身携带而体无完肤，一本则仍旧品相全新。再如《小王子》，这本书我曾买入十余本，除自己留存两本外，其余皆已散尽，只希望获赠的朋友依然珍藏着它，并能读得出我当时的用意。还有《妞妞》，至今仍收有多种不同版本，封面上那咫尺天涯的大手和小手，令人怜惜。

很多时候，你有很多理由，可以说服自己，用足够买另一本新书的钱，去购入一本复本。从表面看，你在内容上并没有任何的增添，但是实际上，这种幸福感与满足感，却是加倍的回馈。因此，复本情结一直挥之不去。特别是当我遇见一些久违的老书，无论书架上有多少本，我都会毫不犹豫地拿下。如译林旧版《一个唯美主义者的遗言》《伯林传》，都收了三本，如果条件允许，我甚至想要更多。

但是，这都不足以使我感到压力，因为，几本复本实在是微不足道的。直到复本纪录不断刷新，我才深深体会到一种难以自拔的痛苦——我甚至想要穷尽一本书的库存。这谈何容易。首先，库存到底有多少，难以确定，因为即便一本书缺货，也极有可能是暂时的。

《洛丽塔》（电影剧本）6 本，不过，这个数字很快就被《查令十字街 84 号》10 本刷新了。随后，伯利的《书之爱》长期雄踞在复本纪录的首位，起初是 12 本，很快增加到 23 本，随后呈爆发式增长，从 40 本一路飞奔到 67 本，直到各网店库存显示无货，这事才暂时告一段落。只是暂时。很快网店又进货了，一发现有货，我马上行动起来，与网店展开了旷日持久的“拉锯战”，简直到了“你敢进我就敢买”的地步。我想，地球上再也没有人可以阻挡我收藏《书之爱》复本的脚步。

最终，这场开始于 2013 年 5 月 4 日的“拉锯战”，于 2017 年 1 月 4 日落下帷幕，此后，《书之爱》在三大网店彻底无货。当我看着一排排整齐列队的《书之爱》，我的心中有说不出的满足，我甚至想申请吉尼斯“复本癖”世界纪录，假如有这么一项纪录的话。

把书插进上衣口袋

爱一本书，最好的方式是时时刻刻把它带在身上，一有闲暇，随取随读。最好是放在上衣口袋里，虽然口袋有点小，但是放一本 64 开的小书，应该足够了。有时我想，我要是有个袋鼠般的口袋多好，就是百科全书我也能塞进去了吧。

当我在书房举目四望，发现真正能够插进上衣口袋的书并不多。这样的书，既不能太大，又不能太小，更不能是精装（硬得太硌人了），如果条件适当放宽，可以大到小 32 开本，但又不能小于小 64 开本，更不能像火柴盒那么大。我在新华书店收银台边就见过那种像火柴盒大小的“书”，但它们丝毫没能引起我的兴趣和购买欲望。

在我的书房里，适合插进上衣口袋的书，有上海译文出版社的“青年世界文学名著丛书·法国文学专辑”，其中《忏悔录》《追忆逝水年华》等较薄的小册子特别受到我的青睐；有人民文学出版社的《少年维特的烦恼》；有生活·读书·新知三联书店的《雅典娜神殿断片集》（新知文库）、《给一个青年诗人的十封信》（读书文丛）；有北京燕山出版社的“袖珍版·世界文学文库”，其中《泰戈尔诗选》《普希金诗选》等诗集，在我的诗歌狂热期给我带来了很多的慰藉。这些小巧精致、定价低廉、选题优良的小册子，几乎促成了我的“小开本情结”。

除了上衣口袋，多年前，为了装下更大的书，我还穿过那种大腿两侧皆有大口袋的裤子，放一本32开的书绰绰有余，16开的书卷一卷也能插进去，省去了带袋子的麻烦。由于裤袋在侧面，弯腿下蹲时容易挤压到书，不过不碍事，因为能进入口袋的书，大多收有复本。

那阵子，我随身带的是卡夫卡的《审判》，甚至逛书店，我也带着这本书，舒心惬意。然而，也曾因为随身带书引起过一点小小的麻烦。有一次，我在外图书店买完书，走到门口的时候防盗器居然响了起来。我才想到可能是这本书的问题，连忙拿出来。这本书也是在外图书店买的，只是非常破旧了，书脊上下端由于翘边，都被我用小刀削过。我将这本书拿到收银台消磁，但工作人员告诉我，这本书已经无法消磁了。后来，再逛书店时，我尽量不带着这本书了。

也许有人会说，“带一本书逛书店”与“到饭店自带酒水”一样，然而两者不同的是，到饭店自带酒水是为了喝，而带一本书逛书店，它只是作为你的精神伴侣而存在，你知道它在你身边，你们感受着彼此的气息，这就够了。

买书这件事

买书这件事，是个享受，有时，也是件令人头疼的事。在网络时代，买书越来越像买股票，以亚马逊为例，我在收藏夹中陆陆续续收藏了近600本书（超过600本的话，最早收藏的书会被自动清除），从那以后，我有了和股民一样的关注点，那就是价格走势。每天，我都会点击我的购物车，然后就会出现所收藏图书价格变化提示，有时只有几本书涨跌，有时可达数百种（这种情况通常意味着促销活动开始了）。每回我都饶有兴致地一本本看过去，看完这些价格变动的书目，有时还会再翻翻收藏的近600本书，近60个页面，一页一页地翻阅，回顾一下自己的意向书目，看看还有哪些书待买，以便继续关注价格走势，实在是一件费时、费力又费眼的事。

我多么羡慕契诃夫笔下的那位法学家，他与银行家打赌，开始了长达15年的“囚徒”生活（据说他还是“宅男”的始祖）。在15年的赌期中，他不得跨出小屋门槛，没有看见活人、听见人声、收到信件和报纸的权利，但他可以有一件乐器，可以看书，可以写信，可以喝酒，可以吸烟。凡是他所需要的东西，例如书籍、乐谱、酒，只要写个条子，要多少就给多少。——这无疑是《打赌》中最吸引人、最令人羡慕的情节，想想看，一个人，待在一间小屋子里，不必关心窗外事（而且这个窗口还是特制的为书籍等服务的传送通道），需要什么书，就写个条子“我亲爱的狱官，请帮我订购如下书籍——”，然后通过小窗口，交由富有的银行家去办，不用自己费心搜索，实在是一件令人羡慕的事。以银行家的经济实力，估计不会有他找不到的书，总之，找书、购书、送书这些琐碎的事，就与读者无关了。因此，这个故事对于“恨不能读10年书”的书虫来说，简直就是个“童话”。

在第6年的下半年，“囚徒”热心研究外语、哲学、历史，他贪婪地研究这些学问，弄得银行家几乎来不及订购他所要的书。我想，银行家大概也在后悔当初太冲动、欠考虑，竟然承诺“要多少给多少”，没有想到一个“囚徒”的阅读需求如此之大，仅在4年内经他的要求买来的书就将近600册。看到600这个数字，我想起了我的收藏夹里那近600本书，可是，我的银行家你在哪里？我多么希望我也能说：“我亲爱的狱官，请帮我订购如下书籍，这张订购单也许有点长，请耐心看完，有些可能已经订购过，但是，请注意，这正是我所需要的复本——”

如今，亚马逊已退出中国图书市场，收藏夹里的书也全部显示无货，但收藏夹仍旧是我收集梦想的地方。在京东，我收藏的待购书目一直保持在2000本左右。在当当网、孔夫子旧书网、中国图书网、淘宝网也建立了收藏夹。这些收藏夹是我们记忆的延伸，我们如此害怕遗忘，却又总是试图清空它们。

阅读的时间

阅读无疑需要时间。哪怕一个号称可以快速阅读的机器人，它的扫描录入也需要时间。

时间是一块块碎布，然而，如果能够将之连缀起来，你就会得到一块色彩缤纷的布料。我忽然想起，在残雪的小说里，有这么一些老年人，他们终日的活计，就是缝碎布，也不知道他们哪里搞来这么多碎布，反正就有一个源源不断的源头，向他们供应这种碎布。现在我觉得，这其实也是一个“寓言”，他们缝的不是碎布，而是破碎的时间，通过将碎布连缀成完整的布料，老人们将零碎的时间完整地展示在我们眼前，这是多么神奇的一件事。

阅读的时间也是如此，如此零碎。很有可能你刚捧起一本书，就被琐事打断，继而恨恨地合上书本，抱怨生活的乏味。没有耐心的人，通常都希望能有大块大块完整的时间来阅读，希望有一间封闭的书房，可以闭门谢客，一心只管读书。然而，在生活中，除非生病，我们很难拥有这样的时间和空间，况且病中的阅读也未必是我们所希望的。

写作也是如此，如此零碎。我们通常不希望被打断，希望有大块的时间，譬如夜间，从零点到三点，在夜深人静的时刻，只有时间依然悄无声息地漫步，没有任何干扰，你可以惬意地享受创作的乐趣。

我很欣赏纳博科夫在《洛丽塔》电影剧本的写作中，所采用的“卡片写作法”。在从从容容吃完午饭后，纳博科夫将早上脑中设想出的场景写在一张卡片上。在用掉 1000 多张卡片后，他用打字机把剧本打了出来，一共有 400 页。

纳博科夫的这种写作方式很从容，从容得不像是写作，而像是在阅读一本书，每天读一页，就卡片大小的内容，他从容地接受着时间的馈赠。

正如博尔赫斯在《时间》一文中所说，时间是持续不断给予我们的，而不可能一下都给予我们。虽然我们非常希望“时间银行”能够允许我们透支，能够将所有的时间一下子给予我们，去支配，去奋斗，但是这是不被允许的，因为我们承受不了这一负担。

藏在书里的旧时光

手捧一本书，你不会觉得它有多大的分量。然而，当一堆书叠放在一起时，你会承认，它们共同组成了一棵“树”，所有的书，都来自“生命之树”，它们被分割下来，保留着“树”的年轮，每一本都有自己的年龄，而且，随着时间的流逝而不断成长。

所有的生命都需要阳光，“生命之树”也是如此，它吸收阳光，制造我们生命中重要的能量，打开一本书，藏在书里的旧时光将把你照亮。

我曾低估了这棵“生命之树”的重量。在一次整理书房时，我将几个书架清空，将书全堆到书房里的一张床上，心想很快就会重新上架，床垫里有弹簧，应该承受得了这些书的重量。书越堆越高，一摞摞的书聚成了更大的书堆，我像搭积木一样维持它们之间的平衡。当我费了九牛二虎之力将书重新上架后，我发现，床垫朝中间凹陷下去，坐上去已经没有任何弹性。

2003 年，我遇到了一本书，书名叫《大作家史努比》，那时出门在外，买书时总是考虑再三，因此，就这样错过了这本书。一晃 10 年过去了。10 年中，我无数次想起这本书，当时站在书店里惬意地阅读的时光，已一去不复返。我一直怀念着这本书，我甚至凭着记忆，写下了一篇《史努比的作家梦》，以纪念这本书。

10年之后，我开始在孔夫子旧书网及淘宝网上寻找这本书。淘宝网买书的一大困扰是，有些年头的书，你一定要先咨询，因为大多数答复都是“影印本要吗”。假如影印本能满足这一内心的极度需求，那该多好。可我要的是书，是承载着旧时光印记的书籍。

《大作家史努比》这本书，在淘宝网也以影印本居多。后来，我转向孔夫子旧书网，咨询过后，下了一单，然后就焦急地等待挂号印刷品的到来。多日的等待是值得的，我终于如愿以偿地收到了一本品相不错的书，10年了，能保持这样的品相，非常难得。脱掉书衣，里面几乎是全新的。

以往习惯于在三大网店追逐新书，虽然乐此不疲，但终究是疲于奔命，而搜索记忆中那些带着遗憾的旧书，则会让人心平气和许多，对于一切结果，仿佛都可以淡然接受。

10年前，在狗屋顶上打字机前敲敲打打，与我同样做着作家梦的史努比，曾带给我那么多快乐与慰藉；而今，我终于找回了这份记忆，可以说，我生命中的遗憾，终于又少了一个。

史努比的作家梦

史努比和我们一样，也有一个作家梦，它不停地在打字机上敲敲打打，然后把初稿念给它的朋友们听，并虚心地听取他们的意见，耐心地进行修改。

史努比不断地给亲爱的编辑们投去稿件（也许史努比有一本《自由撰稿者指南》，反正它知道的投稿地址比我多得多），虽然没有收到稿费汇款单，但史努比比我们幸运的是，它得到了诸多编辑百忙中的回信。

这些信件像雪花一样飘来，每一封都给史努比带来无比的快乐，它甚至想把这些退稿信做成一条被子，即便是在睡觉的时候也能感受到来自编辑的问候。

正是在这些可爱的编辑们的千锤百炼之下，史努比成了大作家。

或许，在这个退稿信正在消失或已经消失的时代，应该让更多的人看到这些信，相信读了这些信，人们也会像史努比一样，发出会心的微笑。

因为，幸福，有时候，只是一封温暖的退稿信。

史努比收到过这样的退稿信——

1. 亲爱的投稿者：我们收到了你的最新书稿。为何要把它寄给我们？我们到底对你做过什么？

2. 亲爱的投稿者：如果你再投稿，我们就要去你家把你揍扁。

3. 亲爱的投稿者：现退回您无聊的故事。请注意，我们没有给您回信地址。我们已经搬到新的办公地点了。我们不希望您知道我们的新地址。

4. 亲爱的投稿者：感谢您近来未曾投稿，这正符合我们目前的需要。

5. 亲爱的投稿者：我们觉得汽车牌照都比你的文笔强。

6. 亲爱的投稿者：我们很遗憾地通知你，我们目前不需要你写的这类作品。再一想，事实上，我们根本就不遗憾。

藏在书店里的旧时光

旧时光，藏在书里，而书，藏在书店里。

听起来好像不大可能，因为，书店里的书是流动的，随时都可能被别人买走。

然而也有例外。比如，有的书店改变经营路线，从人文类忽然转向纺织服装类，这么大的跨度之后，读者群也完全不同了，消费者来店里的目的，是订购价格高昂的纺织服装类图书，而非人文类图书，他们是那么忙碌，甚至无暇看一眼书店内侧仅存的那一面书墙，那里摆满了20世纪90年代至21世纪初期出版的书籍，时光就这样，一直停留在那里，不再更新。

每隔一段时间，我就会站在那面书墙前，昂着头，一本本扫描过去，唯恐错过任何信息，而每次我总会发现上一次扫描中的遗漏，又会有新的发现。

后来，我发现这家书店关门了，去了几次都吃了闭门羹。无奈之下，我拨通了店里的电话，方才得知他们已从沿街店铺搬至一座商厦的三楼。几经辗转，我终于找到了它，幸运的是，那些人文书仍在那里。

经过这次失联，我不由得加快了扫描的速度，时不时过去挑一堆书带回家。我想，早晚我会把这面书墙全部搬回家的。尽管如此，这面书墙仍旧屹立着，而且仓库里还有一些书仍在箱子里等待上架。

这面书墙，就这样，带着旧时光的印记，静静地立在角落里，等待着我的下一次摩挲。

会发光的书

记忆中，一直有些书闪烁着迷人的光芒，每当在书友书架上看到那些书影，我总是迅速被这些光亮吸引，金光闪闪的书衣，经过时间的洗礼，依旧是那么亮丽。它们是“世界文学名著珍藏本”和“世界文学名著文库”。在20世纪90年代末到21世纪初，你在书店里就可以看见它们的身影，它们占据了外国文学专柜的重要位置，由于品种众多，我竟然是挑着买的！这成为我“买书生涯”中的一大遗憾。现在虽然还可以通过旧书网寻回部分记忆，但当年的那些闪耀着外国文学魅力之光的书架风景，现在难以寻觅了。

我甚至有过这样的想象——打开记忆之门，走进记忆中的那些书店（现在这些书店不是面目全非就是早已消失），书店里空无一人，在“会发光的书”的指引下，我很快来到金光闪闪的书架前，书架上的“珍藏本”“文库”随便我挑，要多少拿多少，隔空取物，无人会知晓。这是一种想象的狂欢，是对遗憾的慰藉，我在想象中尽情窃取着“记忆之书”——这是否也算一种“偷书”的念头？

应该说，每一本书都有其光亮。我们是收集思想之光的人，我们在思想之光的照耀下受益良多，我们收集、传承着思想的火种。然而，书比人长寿，当我们走完人生之路，我们所收集的书籍仍然肩负着自身的使命，他们在传承中继续发出自己的光芒，照亮下一位读者的前程。

从这个意义上来说，每一位收集书籍的人，都有可能成为一位“燃灯者”。

藏书家爱德华·纽顿曾说：“我孜孜不倦地昭告世人：搜集书籍乃是一项了不起的竞赛。”在人生中的某个阶段，这种“竞赛”是必须的，搜集的意义甚至远大于阅读。

你常对自己说：“我之所以要搜集它，是为了日后想读时能够找到它，这非常重要。”这种自发的“竞赛”能加速你的图书收集，但是，很快你会发觉，这种竞赛的意义更多的是对于空间而非时间。你会感到，你周围的空间越来越狭小，书越摞越高，书堆一步步拓展着它的领地，然而你的读书时间却没有增加，相反，大部分时间耗费于对书籍信息的搜索之中（不搜索，你永远不知道还有哪些书你没见过），你感到似乎本末倒置，本想用书籍之光照亮人生的旅途，拓展有限生命所能占领的疆土，不料却迷失在歧途之中。我们太过重视图书的收集入库，而忽略了翻开它、阅读它，让它的光芒能够完完全全地照亮你的空间，成为你心中最宝贵的财富。

小心轻放的光阴

不知从何时开始，看一本书变得小心翼翼，轻轻地拿起，轻轻地摩挲，轻轻地翻阅，一切动作都是如此轻柔，即使经过一次次的阅读也不会给书留下任何痕迹，没有折痕，没有污渍，没有磨损，这就是所谓的“触手如新”吧。当然，这只代表一个人的阅读习惯。有时，我们对一本书的热爱，更体现在书页上的波浪似的画痕，体现在一本书的破旧程度（所谓读书“破”万卷），体现在一本书上所做的笔记，有了这些痕迹，这本书无论到了哪里，都是以其主人的形象出现的。而一本“触手如新”的书，仿佛从来没有被谁拥有过。

然而，那些小心轻放的光阴，是如此美好，就像夏季里的微风拂面，像雨季里读一本“雨天的书”，像静谧的夜里听永生的鸟歌唱……不浮不躁，心平气和，对一本书的态度自然也格外温柔。而这种温柔对于书来说，是必须的。在经过那么多物流环节后，一本书还能以完美的品相出现在你的面前，没有任何磕碰，没有任何折损，没有任何污渍，为了这一切，你应该感激。

也许在每一本书的外包装上，都应该印上一句话：“小心轻放的光阴。”

如何验收一本书

当你收到一本书，特别是带塑封的书，你不能把它像一块砖头一样束之高阁，你必须打开它，当然，你也可以保留它的塑封，塑封就像它的外套，可以小心翼翼地把它脱掉，不看时，再给它穿回去。我的做法是用剪刀将塑封底部裁开，将书取出，不破坏塑封的完整，即便这本书用不上，别的书需要塑封时也可以用，这对于图书的保护是有好处的。

收到一本书而不进行验收，是不明智的。哪怕你同时购买了再多的书，你都应该在短期内翻阅一遍，以便检查其中是否存在瑕疵，比如倒装、破损、污渍、变形等，如有此种情况可以在退换货期间进行更换，免去将来的烦恼。

不用一页一页地翻看，你可以采用快速翻阅的方法，先检查封壳是否存在脱落、破裂，再从左到右、从右到左各翻阅一两遍，如有问题基本就能检查出来。这是一件苦差事，但是如果做得好，你也许就是一名优秀的图书质检员。

当你下定决心从网络书店购买一套价格不菲的书，一定要做好心理准备应对任何可能出现的情况。尽管如此，有时遇到的情况依然会超出我们的想象。

那次网购一套16卷本的《徐梵澄文集》，到货后，我像往常一样，一本本脱去书衣，轻抚书壳，翻阅书页，享受着这套精美文集所带来的美妙感受。

然而，当“质检工作”进行到第14卷，就在我以为工程即将结束时，在《神圣人生论》（下卷）里，一枚硕大的脚印突然映入我的眼帘，令我无法相信自己的眼睛。这枚脚印对我的“神圣书籍论”构成极大的挑战，我试图用橡皮擦擦掉它，却发现这并不是件容易的事。因为一枚脚印放弃一套好书，我实在难以做到，真是令人纠结。

而在实体书店购书，你就会多了几分从容。

记得当年购买译林出版社出版的七卷本《追忆似水年华》时，我在书店里站立良久，假如这套书在书架上只有一套，事情就简单了，不巧的是，书架上同时放了七套，这对于有强迫症的人来说，可是件既幸运又悲哀的事。幸运的是，你有足够的挑选空间，如果这本有瑕疵，还可以换另一本；悲哀的是，七七四十九本，必须一本本翻看。

但那又是多么美好的时光，我在书店里，放慢脚步，一架又一架，细细地翻阅书架上的每一本书。这样的时光，如今已被快捷的网购所取代。你能做的，只是付款、验收，而不再是浏览、翻阅、摩挲、甄选……

一则图书广告的效力

一则图书广告究竟能有多大多久的效力？我想用自己的亲身经历做出解答。

1998 年，我在报刊亭购买了几本《百科知识》（目前这本杂志已不提供零售，只能通过邮局订阅），分别是第 10、11、12 期。其中，第 11 和 12 期的封底都是“世界名画欣赏”——塔马拉·莱皮卡《祈祷的女儿》、彼得·保罗·鲁本斯《海伦·富曼和孩子们》。而第 10 期封底为《不列颠百科全书》（国际中文版）预订广告。

1998 年那会儿，我还没有能力购入 20 卷本的大部头，至多是在书店里挑几本分卷销售的《中国大百科全书》，因此，这则广告对当时的我来说也就是看看而已。

直到 2005 年，同学托我到熟悉的书店帮他购买这套书，我才与这套书有了第一次接触，但也只局限于打开首卷与末卷的塑封，看看版权信息，满足一下好奇心，过过书瘾而已，毕竟这是别人购买的书。

2013 年，我再次关注这套书，依稀记得在哪本杂志上看过它的广告。我从杂志堆里把仅有的三本《百科知识》又翻了出来，我想，百科全书的广告刊登在《百科知识》杂志上应该是再合适不过了，而现在，是时候收藏一套了。

看来，一则图书广告的效力是持久而强大的，一旦广告意念的种子植入你的大脑，经过足够的时间酝酿发酵，种子将长成一棵参天大树。你依稀记得种子从何而来，但对于它的生长过程却一无所知，因为它一直悄无声息地进行着。

因此，当在城市里看到《芬尼根的守灵夜》的大幅广告，我就知道，这本书迟早会爬上我的书架。为此，我已先行购买了一本《自由之书——〈芬尼根的守灵〉解读》。

如何杀掉一本书

在《灵魂的出口》一书中，隐藏着一起血案。在第80页，一本书被谋杀了，它的胸口被一把剪刀刺穿，鲜血沿着书页缝隙汩汩流淌，即将漫过桌角，顺势而下。欧汉·帕慕克（现译奥尔罕·帕慕克）在《杀了一本书》这个故事里，对这起血案进行了心理分析。

应该注意到，针对书籍的“犯罪”一直在进行，它是如此隐秘，以致很难被发觉。这种罪行，可以是对一本书某篇序言的剥离，这事如果做得好，完全不会被发觉；也可以是满目疮痍的涂鸦，这与杀了一本书有何区别？

杀掉一本书，并毁尸灭迹，是非常容易的。

我第一次“杀书”，是迫不得已。记得那是一本《四书》。当年搬家时被老鼠尿液给污染了，我不知该怎么办，被老鼠污染过的书，我实在是无法接受。我想到用水清洗掉这一污迹，我把书浸泡在水里，并在水中翻阅着书籍，试图告诉自己，这本书经过水的洗礼，很快就将恢复原来的样子。但是我忽略了一个问题，被水完全浸泡过的书，即使晒干后，书页也将粘连、变形、膨胀。起初，我是想解救这本受污染的书，然而在解救过程中，却起了“杀心”，我将潮湿的书页撕裂，并最终将其销毁。

由此，我又想起了存留复本的好处，“本皆有复”，并且不要把所有的复本都放在同一个地方，这样，即便其中一本受到污染，你依然可以很欣慰地拿出另一本，仿佛一切都未曾发生。

如何拆解一本书

我看过书籍的装订过程，实际动手去做，则需要更多的材料。不过，正如儿时的探索大多从拆解钟表开始，你完全可以通过拆解一本书，看看书的构造究竟如何。

我对书籍装订产生兴趣大概是在中学时代，只是通过一本书中相关装订的文字描述，而非现在的视频或精美的图册。那本书当年同样遭到了拆解，也许是我不大喜欢它的封面或书名，总之，现在它只剩下赤裸裸的正文，直奔主题，没有封面，没有书名，没有目录，它之所以还能翻页，完全靠书脊部分的一个夹子帮忙。否则，一阵风吹过，它们就将随风飘散了。

我很快找到了书中蛊惑我的那篇文章，文中讲述了法拉第与恩师戴维的故事。家境贫寒的法拉第曾先后在书店和印刷厂当学徒，学习销售和装订书籍，他一边装订，一边学习，并对科学产生了浓厚的兴趣。

一个偶然的机会，法拉第听了化学家戴维的四场讲座，并且居然听懂了全部内容，他决心寻找适合自己的科学道路。他给戴维写信，并随信寄了一本书。戴维收到书后非常惊讶，他不记得自己曾出版过这本 380 页的讲演录。

原来，这是法拉第听戴维演讲时记录、整理、补充并装订成册的书，书脊上还烫有金字——《亨·戴维爵士讲演录》。

看了这个故事，我一下子迷上了书籍装订，并且也幻想着能和法拉第一样，亲自装订一本书，而且是布面精装烫金字！当然条件一点也不具备。不过没关系，我可以反其道而行之，开始拆解那些不太“顺眼”的书。

撕开封皮，我看到书脊处不是干硬的胶水，就是贴心的锁线。胶装书无疑是最经不起时间的考验的，经常会从中间断裂，无可挽回。而锁线则可以免除书籍断裂后四分五裂的危险，难怪有书友称“锁线”为出版社的“良心”。

很快，我把“魔手”伸向了更多书籍，“欲加之罪，何患无辞”——这本书封面有点瑕疵，应该拆解！这本书太厚了，应该拆解成单行本！这本书内容很不错，应该“化整为零”方便阅读。就这样，《早恋》被拆成了 13 本小册子，《莎士比亚全集》被拆成了 40 本单行本……

然而，我的装订设备只有一个订书机，在订书机的帮助下，小册子、单行本总算得到了一点“装订”效果。为了区别各部分内容，我想该给它们各自标上书名。在电影《泰坦尼克号》的启发下，我想到用铅笔来题写书名。你看，露丝的画像之所以能保存那么久，完全要归功于铅笔。我想，要是用水笔或圆珠笔来写书名，随着时间的流逝，字迹一定会晕散开的。

现在回头看这些自制的“单行本”，自然会嘲笑年少时的无知和幼稚。但是，我依然保存着它们，因为，它们见证了我最初对书籍的热爱与伤害。爱之深，伤之亦深。

读者的嗅觉

读者的嗅觉是敏锐的，一旦他们嗅到一本书的气味符合自己的品位，便会尽全力搜索并拥有它。这种气味不在封面或腰封上，而是在书中，也许是装帧，也许是封面设计，也许是前言，也许是正文，只要书中藏有这种气味，读者就一定能够找到。

有时，这种味道被人为地释放出来，引起读者的注意，味道很快传播开来，一时间，大家都在搜索它的源头，很快它就被找到，并被大量购买。但这毕竟是人为的。

我更欣赏那些静默如谜的书籍，它们静静地待在原地，直到你的目光扫过，你的指尖轻触，你的鼻翼微动，它才逐渐散发出那种迷人的气息，令你确信，这本书正是你寻觅的那个味道，看对眼的那本书。

我曾经为了一本书中的一篇文章（全文仅 5 页）而买下一整套书（全套 15 卷，17423 页）。虽然看起来也许有些疯狂，但是并不过分，可以说，那篇文章就是这套书所散发的迷人气息，为了占有它，我不惜付出高昂的代价。

读者的嗅觉是在长期的搜寻中练就的，可以说，“好读者都有狗鼻子”。因此，与其在封面或腰封上大做文章吸引眼球，倒不如将迷人的气息赋予内容本身，相信读者的嗅觉吧。

读书也是一种工作

在《憨豆先生的大灾难》这部电影里，憨豆先生被问及在美术馆里的工作是什么，憨豆先生回答：“坐在角落里，盯着那些画。”这可是大实话。

每天的工作就是盯着画看，这大概可以列入全球最美工作之一吧。由此，我想到另外一份最美的工作，那就是读书。

读书也是一种工作。但可惜的是，这项工作并没有得到重视。人们通常以为，把书买回来放在书架上，就等同读书了，然而，这只是买书，而非读书。

我所说的读书，不是指从幼儿园到义务教育再到高等教育的这些阶段，虽然我们常对孩子们说，读书就是你目前最重要的工作；但是，这无疑表示，等孩子们的教育阶段一结束，他们马上就失业了，失去了读书这份工作，他们必须尽快再就业，并且，他们的工作不再是读书。

读书这份工作，是没有尽头的，它不随着某个阶段的结束而结束，而且也没有任何机构为其颁发相应的证书。读书完全是一种天职，我们必须通过读书来提高自己，而并非要通过读书达到某种目的。

当然，也并不是说，读书没有任何目的，读书应该轻视一切目的，换句话说，读书就是毫无目的地去享受读书的乐趣。

曾有一段时间，我的工作就是“坐在角落里，盯着一本书”。每次上班，我都会带上不同的书，到达工作岗位，便开始我的阅读，直至下班，心满意足地合上书本。那真是一段快乐的阅读时光，我的工作竟然是静静地读书，而且不用考虑书上的错别字。

而现在，我的工作是坐在角落里，盯着一张纸看，我必须小心翼翼地用目光抚摸每一个字，确保它们都没有携带任何“危险物品”才能放行，我的眼力越来越差。你知道，眼球如同一切星球，自有其寿命，它发出的目光，照耀着我们的前程。我不知道，我剩余的目光，还有多少能停留在可爱的书上。

拾荒者的阅读时光

有一张照片给我的印象非常深刻。那是2012年世界读书日前夕，在肯尼亚内罗毕，一名拾荒妇人抓紧时间阅读一本捡来的书。她说："这让我觉得每天除了捡垃圾外，还有其他事可做。"这幅名为《丹罗拉垃圾场》的摄影作品，于2013年获得第56届世界新闻摄影大赛当代热点类一等奖。

这张照片可以传达给读者不同的感受，可以是励志的，可以是怜悯的。看了这张照片，有的人会抓紧时间读书，更加珍惜每一秒钟；有的人会为照片中的妇人感到惋惜，命运使她只能坐在垃圾堆中，阅读一本捡来的书。

不过，我觉得这张照片的意义还不仅于此，我们应该深入到这张照片中去体验，去聆听妇人的话外之音。她并没有把她的话全部说完。

你看，她所处的环境是如此恶劣，周遭除了荒芜就是垃圾，身边塑料袋中所装的或许是有用之物——这是否应该感谢那些慷慨的丢弃者？你看，他们丢弃的甚至还有书。且不管它是一本书还是一本杂志，不管怎样，如果是我，我会随身带着它，直到捡到更好的读物。

虽然这个妇人从事的是最底层的工作——捡垃圾，但是在捡垃圾之外，她还有其他事情可做，那就是读书这项“高尚”的活动。那时，她忘却了自己的身份，只作为一个高贵的读者而存在，她沉入书海，洗净尘埃，捧起一本书，愉快地读着。

如果哪位高手帮帮忙，给这张照片加工一下，换一个背景，那么这张照片也许将成为最好的读书图片。她是那么专注，脸上还带着笑容，丝毫没有留意到镜头的存在，这种读书生活对她来说太珍贵了，只有镜头后面的那双眼睛捕捉到了这强烈的对比。

或许，我们可以这样理解她所说的话：“每天除了捡垃圾外，我还有其他事情要做，那就是读书。”

一个人，不论身处何种恶劣的环境，都不应该低下高贵的头颅，当然，除了读书。

废墟中的读者

拾荒者面对的是荒芜，战乱中的读者面对的则是废墟。

1940 年 10 月 22 日，位于伦敦肯辛郡的荷兰屋图书馆几乎被德军炸成废墟。屋顶塌落，房梁烧毁，天空阴霾一片，梯子、建筑碎片散落一地，到处一片狼藉。

然而，废墟中的书架依然屹立着，架上的书依然可供取阅。废墟中的图书馆，仍旧以包容的姿态迎接着读者，你来，它便接纳。

陆续有读者冒着建筑坍塌的危险，走进这座废墟中的图书馆，他们并非没有预见潜在的危险，而是这其中有更吸引人的风景值得探索。

起初他们怀着悲凉的心情走进这片废墟，渐渐地，他们忘却了废墟，注意力全都集中到书籍上，他们抬头仰望，在高高的书架上，那些经历战火依然高贵的精灵；他们伸手用指尖触碰，在碎石瓦砾前，那些依旧可爱的精灵；他们站在废墟之上，双手小心翼翼地捧着书，专注地读着。

镜头记录下了这一刻。这张照片是如此自然，镜头后的拍摄者又是如此小心翼翼，没有惊动废墟中的读者，真实地拍摄下三位读者阅读的姿态。他们在废墟中，依然保持着内心的宁静，我想，这片废墟中的书籍，一定给了他们抚平创伤的慰藉与面对未来的希望。

阅读的姿态

阅读的姿态是多种多样的。

有的人在净手焚香之后，捧着一本书正襟危坐，手是不能换的，书是不能放的，因为，那会使书发生变形，失去触手如新的感觉，而且书签是必备的。

有的人随意将书摊开，并使劲压两下，让书页老老实实地固定在那里，双手腾出来去做别的事，书签是可有可无的，直接把书页折起便是。

有的人双手捧书，诚惶诚恐，唯恐一不留神伤及爱书体肤。

有的人一手拿笔，随时在书上写写画画、圈圈点点，好不惬意。

有的人站着看书，有的人蹲着看书，有的人坐着看书，有的人躺着读书，有的人趴着读书，有的人在窗前，有的人在书桌旁，有的人在马桶上，有的人在草地上，有的人在公车上……总之，阅读本身就是一件非常“涨姿势”的事。

阅读的姿态看似普通，却透露着一个人的个性，传递出一种鲜活的气息。诗人济慈对此就相当感兴趣，他曾在信中向收信人描述了自己在写信时的一个场景——“我现在是背对着它（蜡烛）坐着，一只脚歪踏在垫子上，另一只脚的脚踵从地毯上微微抬起。这张信纸下面垫着一部关于女仆的悲剧，我喝午茶以来一直在津津有味地读它。”

济慈还表示，要是看到任何已故伟人做过同样的事情，他会感到很高兴，比如说，要是知道莎士比亚在写“生存还是毁灭”时取什么样的坐姿就更好了。在济慈看来，这些细节都是非常有趣的。

济慈惬意的读书生活是这样的：“窗口朝着湖，坐在窗前整天读书，就像某张画上的读书人一样。”

而我，非常想知道，这张画指的是哪一张，令济慈如此神往。我想，它一定非常迷人。

藏书也是项竞赛

在自媒体如此发达的今天，你很容易就能看到其他爱书人的书房或书架，爱书人买书、晒书、读书，分享书讯、书影、读书感悟，在无形中加速了藏书这项竞赛。

有的书，也许当时并不是必需，但是看到别的书友收藏，自己也受到书影的“诱惑”，忍不住收了一套。有时候，情况恰恰相反，是你率先“诱惑”了他人。

藏书这项竞赛就这样在书友的互动中持续进行，仿佛一台“永动机”，具有永不枯竭的动力。因此，你永远无法明白，为什么每到世界读书日前夕，媒体所公布的“国人阅读状况”总是不容乐观，爱书人那么多，全都统计进去了吗？

藏书竞赛的最终结果自然是书架爆满，为了使竞赛持续下去，不得不再次扩张书房、扩容书架，随着书架的宽裕，购书的热情再次高涨，虚位以待的书架张开双臂迎接着新书的到来……

一切如此周而复始。也许到了生命的终点，你才会幡然醒悟，自己所参与的藏书竞赛，究竟是惠及子孙呢，还是累及子孙？不过目前，还真是说不清，起码现在的你，是痛并快乐的。

堂·吉诃德的后裔

让我们幻想一下，有一天，你像往常一样，正和孩子进行亲子阅读——

“且说这位绅士，一年到头闲的时候多，闲来无事就埋头看骑士小说，看得爱不释手，津津有味……他好奇心切，而且入迷很深，竟变卖了好几亩田去买书看，把能弄到手的骑士小说全部搬回家……”

正读着，忽然，孩子打断你的朗读：“老爸，这写的不就是你吗？哈哈哈……”

你的脸上立刻感觉火辣辣的，有几分尴尬，又有几分高兴。尴尬的是在孩子心中自己竟然成了走火入魔的“游侠骑士”；高兴的是，没想到自己原来竟是堂·吉诃德的后裔，你对堂·吉诃德的形象又有了进一步的认识。

你甚至认为，应该从“资深书虫”这个角度，去重新认识堂·吉诃德，他的痴，他的醉，他的迷，在当代爱书人中简直难以找到第二个。

试问，在房价如此之高的今天，哪位爱书人能够像堂·吉诃德一样，舍得变卖几亩田只为买书看？而且，你看，堂·吉诃德闲来无事就埋头看书，这对于重树爱书人的读书形象是有益的，非常值得推广；再看，他把能弄到手的骑士小说全部搬回家，则是一种专业、深度收藏的体现，值得爱书人学习。

给爱书人编个号

爱书人那么多，简直数不过来，要是能给爱书人编个号，各自报上编号，联络起来就方便多了。一个编号就仿佛一个“门牌”，独一无二!

不过，书籍一般都以相同的面貌存在，版权页上也只标明印数，500 或 5000，每一本书似乎都没有什么特别的标志。偶尔有些特制品，如毛边本、签名本，标明收藏序号，但数量毕竟有限，爱书人那么多，根本不够用来编号。

终于，2013 年 10 月 19 日，点校本《史记》修订本全球同步发行，这是属于全球华人的“盛宴”（冯其庸将点校本“二十四史”和《清史稿》的修订视为“不朽的盛宴”），而我们每个人都可以是“赴宴者”。

点校本《史记》修订本 1 版 1 次 20000 套，每套都印有独一无二的收藏纪念号，足以为 20000 名爱书人编上号（只要你愿意，都有机会“入编”），这个数字同样不多，我相信，世界上的爱书人一定远远超过这个数字。

这支万人大军快速集结起来，各地爱书人在收到书后纷纷报上自己的编号，报数声此起彼伏——“编号 1003！”“编号 1351！”“编号 2980！”“编号 3241！”“编号 4922！”“编号 5531！”“编号 7309！”“编号 8156！”“编号 11788！”“编号 13331！”“编号 19754！”……

面对这支万人大军，我发现，原来爱书人并不孤单。只要吹响集合的号角，他们将很快集结起来，显示出爱书人所具有的力量。

同时，也有不少细心的书友发现，在微博世界里，1000 号以内的编号似乎从未现身过，不知为何。也许这是一支神秘的“特种部队”？

当然，也有读者认为 20000 套太多，降低了这套书的收藏价值，如果只印 2000 套还差不多。但我个人认为，作为一套全球发行的书籍，印数 20000 套并不多，如果只有 2000 套，迅速被抢购一空，那么更多的爱书人，大概只能望书兴叹了。

我的编号是 1351，你呢？

工具书情结

由于从事文字工作，在我的书房中，工具书也占据了好几个专柜。平时看到一些“有趣”的工具书，也会尽力搜罗。几乎每一种工具书，都力求使自己看起来像一块“砖头”，它们大多以精装书的面貌出现，对于正努力建造“纸房子”的爱书人来说，是非常实用的“建筑材料”。

工具书的购置方向也随着写作和工作的不同阶段发生转变，因此，书架上的工具书，基本上勾勒出了一个人的兴趣爱好或工作变化的走向。

在文学爱好的最初阶段，我的书架上出现了《中国大百科全书》的《中国文学》卷、《外国文学》卷，我依然记得那是在厦门晓风书屋购得，出于对外国文学的热爱，在台风刚刚过境的一个夜晚，我顶着大风跑到书店，又买了一套《外国文学》卷，可见那时我已经染上了“复本癖”。

《中国大百科全书》第一版，按学科分卷出版销售，对于手头不那么宽裕的爱书人来说，是一大福音，我在实体书店搜罗了一些感兴趣的学科。现在，即便有了强大的搜索引擎，我也更倾向于相信“落在纸上的文字”。

各种名言隽语辞典，早在微博时代到来之前，就已经为读者提供着无数短小精悍的片段，当然，在微博时代，这些看似无限的资源早晚也会被耗尽的。

有一段时间，由于与收藏类杂志有工作上的往来，我对工具书的搜罗开始转向古汉语、历史、诗词、美术、文物、书法及各种典籍，同时也极大地丰富了我的工具书专柜。

同时，我也深深感到“书到用时方恨少”这句话，说的其实应该是工具书。每当在工作中产生疑问，键入搜索自然是方便，可是，网页上充斥的乱码及不同版本的内容，总会将人赶回实体书的怀抱。而那时，你所购置的书籍，特别是工具书中，是否涵括所需查找的内容也考验着你的书房，同时，也会再次改变你的工具书购置走向。

提起工具书，也许有人联想到维修店里满地杂乱的工具，虽然它们都很实用，但同时也是枯燥的。其实，事实并不尽然。有的工具书，完全是可供细细品味的趣味读物。例如商务印书馆于2001年出版的《西方引语宝典》，就是“西方文化精华的微缩版百科全书”。

实体书店的“遗物”

正如新物种演化的速度赶不上物种灭绝的速度，尽管新书店不断出现，实体书店仍旧处于不断消失的状态。举目四望，我发现，我所在的这座城市里，已无像样的人文书店可逛。一家实体书店关门后，很快被其他店铺取代，仿佛什么痕迹也没有留下。

不过，如果仔细翻阅从实体书店买来的图书，你就会发现，它的体内通常多了一种“异物”，那就是与防盗器配套的磁条。磁条大概算得上是那些“已故”的实体书店遗留在人间的“遗物”之一。

有的书店将之通过塑封的缝隙插入书中，这样的磁条可以在书籍拆封之后予以清除。而有的书店则将书本一一打开，把磁条用双面胶贴在书页之间，工作量大的时候，往往贴得比较随意，甚至会影响书的美观。放置了磁条的书，一旦未经结算而接近防盗器，或者结算后忘了消磁，都会引起防盗器的“尖叫”。

当我翻阅那些从“已故”书店里买来的书，不经意间瞥见磁条粘贴的痕迹，总是不由地想起那些在实体书店游荡的快乐时光。

当世界上只剩下书，而没有实体书店，那将是怎样的景象？

当一本书印刷装帧完毕，进入网络书店的库房，然后又通过物流配送，在喧闹的街头与你进行交易，整个过程简短又仓促，你会感到，作为一名读者本应具备的优雅与从容，已经随着实体书店的关闭而消失殆尽，再也找不到逛实体书店时的悠闲感觉了。

别想摆脱精装书

平装书简朴而高雅，精装书繁复而精美。两者各有所长。有的书，虽然已收了平装本，但是，假如后来又推出精装本，哪怕内容上没有什么差别，我也会毫不犹豫地收一本，甚至是一整套书。

这也许就是所谓的“精装控”。

就拿《别想摆脱书》这本书来说吧，当年在实体书店遇见它时，我就知道这是我无法摆脱的一本书。这样的书，甚至不需要向你招手，你就要乖乖地走过去为它付款。

这本对话录在出版三年后推出了精装本，而且是“精译”精装版。其封面设计也很有意思。封面上，有一人形剪影，正做奔跑状，而其周身，早已被“书”所幻化的四个“线球”缠绕，仿佛在宣告着：你无处可逃，永远别想摆脱书！

好吧，我知道它同时也在宣告：“别想摆脱精装书。”

精装书究竟有什么好？

首先，精装更有助于对书籍的保护。通过精装装订，书籍获得了自己的封壳，也许是布面，也许是皮革面，也许是纸面，但不管是哪一种，都能对书起到保护作用，不会像有的平装本一样封面翘起，而且精装书还可以独自“站立”，傲然挺拔，可以说，一本精装书，犹如一位西装革履的绅士。

其次，精装是对书本身的一种夸耀。在西方书籍中，“夸耀”原本就是制书的目的之一，繁复与雕饰是必不可少的，因此，精装书更适合读者细细把玩。不过，也应该注意到，有些精装书，三面刷金，尽显奢华，但是在阅读的过程中却令人略有不悦，沾染金粉的双手在无形中拉大了读者与书的距离。

当然，精装书的优点不止这两点。但是，有这两点，足矣。精装书，既能很好地保护自己，减少爱书人的烦恼，又能恰到好处地夸耀自身，令爱书人爱不释手，实在是一举两得。

如果我是一本书，那么，我的“理想”一定是成为一本精装书，而且，是布面精装。

书虫三境界

爱书人常以书虫自喻，恨不能潜入书中，静读十年。

当然，书虫是有境界之分的。

在书虫的初级阶段，书虫对自身的认识还比较抽象，只知为书中虫，却不知具体为何物。

待到虫龄渐长，渐渐识得“蠹鱼”为何物，方知此物为书界“正宗特产”，书虫之名实在太宽泛，这大概就到了书虫的中级阶段，即“蠹鱼期”。

“脉望”则是书虫修炼的高级阶段。据《仙经》曰：“蠹鱼三食神仙字，则化为此物，名曰脉望。”也就是说，当一只“蠹鱼期”的书虫，有幸三次吃到足以令其发生神奇变化的食材，将晋级为“脉望”。

从初级阶段进入中级阶段，需要的是时间，而从中级阶段到高级阶段，就需要机缘与顿悟了。当然，如果书虫有幸进入“脉望”期，仍旧需要不断修炼，我想，“脉望”大概也是有境界之分的。

爱书人的图腾

第一次见到“脉望”一词，是在《书之爱》的封面上，“脉望译丛”四个字，意境颇深，耐人寻味，令人印象深刻。而书脊上辽宁教育出版社的标志仿佛一双大眼睛，正与我“脉脉相望”。

著名出版人俞晓群对“脉望”推崇备至，将之视为爱书人的图腾。当时，俞先生主政辽宁教育出版社，出版了一大批文化品牌图书，成立了“爱书人俱乐部”，还将“脉望”的文字和形象买断、注册，作为辽宁教育出版社的社标。

从此，爱书人的图腾——“脉望”，有了更加可人的形象，“一朵小云彩，长着一双大眼睛，头上顶着一本打开的小书”，飘然来到爱书人的书房。

现在，在我的书架上，就有这么一排书，每一本书的书脊上都有一位“脉望”先生，正睁着大眼睛看着我，仿佛在提醒我，赶紧钻进书中，去完成属于自己的使命。

也有人说，“脉望”先生的大眼睛，颇像戴着一副大眼镜的沈昌文先生。想想也是，你看，“脉望”头顶上那本打开的小书，不正是阁楼的屋顶吗？屋顶下面，是沈先生正从阁楼的窗子里往外看。

阁楼里的光，照亮了窗外人的前途；出版人的目光，温暖着读者的心。

我和书有个约会

《127 小时》是一部根据真实事件改编的电影，主人公阿伦被落下的石头卡在裂缝里。在被困期间，阿伦思考着这块石头与自己的关系，并最终得出这样的结论：这是一块“命中注定”的石头，他和石头有个约会。

他说：“这块石头，从我出生起就一直在等我，从它还是块陨石起，几百万年前就开始了。在宇宙中，它一直在等待，等待来到此地。而我的整个生命都在向它靠拢，我的降生，我所吸的每一口气，每个动作，都在将我领向这条大地的裂口。”

这样的经历不大可能发生在我们身上。但是，当你阅读某一本书时，是否也曾突然产生这样的想法——为什么会是这本书？当初为何会把这本书带回家？人与书之间有着怎样的缘分？

有些书是“命中注定”的，譬如卢梭、克尔凯郭尔、茨威格、卡夫卡、博尔赫斯、卡尔维诺……他们出现在你的书架上，绝非偶然。

记得十年前，我第一次接触塔罗牌，经过选牌程序，我随意抽了一张牌，据说这张牌就代表着“牌的灵魂”。应该说，这种游戏随机性很强，什么牌都有可能被抽中，但我抽到的牌竟然是“审判”！这一结果令我非常惊讶，因为当时我正沉浸于卡夫卡的世界不能自拔，那时随身携带的书就是卡夫卡的《审判》。

当然，如果我再洗一次牌，重新抽一次，一定会抽到别的牌，但是，就这么一次，我觉得已经够了。书上还说，开牌仪式结束后，接下来，就是如何增加与塔罗牌之间的契合度，我想，这副牌和我已经够“默契”了，我不玩了。此后，我再也没有摆弄过塔罗牌。

我不是“宿命论”者，但我深信，我和书之间有个约会，为了这个约定，我不断奔走在通向实体书店的路上，游荡于网络书店的虚拟书架之间……

图书分类问题

世界上某个角落存在着这样一家小书店，虽然这家店以书店之名存在，但是，书店老板却是不看书的，这么说也许不大确切，确切地说，书店老板只在书到货时看一眼书脊，看看书名是什么，然后将其按自己的直觉归类上架。

因此，倘若你无意中走进这家书店，你会看见《万历十五年》和万年历摆在一起。在这家书店里，如果《哈扎尔辞典》摆在工具书专柜，《乌克兰拖拉机简史》摆在科普专柜，你不要过于惊讶。只要顺着这个思路走，你就可以很快找到你所需要的书。

这种思路涉及图书分类问题。尽管如今的书都会在封底 ISBN 条码位置上方贴心地标明“上架建议”，但终究不如看一眼书脊上的书名来得直接。况且，这种建议显然是为实体书店或图书馆快捷上架服务的，对于读者来说，并没有什么实际用处。

网络书店的库房又是如何归类存储的呢？我没有见过。但我猜想，库房的作用在于存储而非展示，因此，它很可能是由 26 个专区组成的，从 A 到 Z，通过书名首字字母进行分类，再通过书名的第二个字进行排序，以此类推。我想，这应该是最好的存储方式，适用于中文及引进版图书，便于快速寻找图书进行配货。

对于普通读者的书房来说，图书的分类与读者个人习惯和偏好息息相关。一本书或一套书被摆放在什么位置，和谁做邻居，无不透露着读者的阅读品位。书房的空间是有限的，书架的空间也是有限的，因此，普通读者的图书分类不可能像图书馆那么严谨。当读者起身走向书架，准备在书架间取阅某本书时，他靠的是个人的记忆而非图书分类的秩序。

书籍是记忆的延伸，受到大脑的准确调配。但是，记忆有时也会出错，你会突然找不到某本书，它并不在你记忆中的位置，但你确信你所有的书全部都在这里了。你心急火燎，仔细回想，唯恐哪个环节出了错，影响对整个书房的掌控。当然，最后，你往往会在别的角落找到这本书，显然，它被记忆遗忘了。

书架也是有故事的（详见《书架的故事》）。在一个摆满书架和书籍的房间里，没有人会感到空虚和孤独。我相信，在某个时刻，在双面书架中间的那条“林荫小道”上，会有两本书悠闲地并肩漫步；在某个时刻，会有两本书突然发生激烈的争吵；在某个时刻，会有某本书突然坠落，发出一阵闷响……

在某个时刻，当你迷失在书架之间，你无法按照字母表的顺序走出书的“迷宫”，因为，这一切的秩序，只存在于你的脑海中。

换一种方式阅读

平时，我喜欢通过微博“逛”书友的书房、书架，并放大图片，睁大眼睛，猜书名，赏书影，这种游戏，既充实了大脑中的图书信息库，又满足了每日必犯的书瘾。

为了获得更多的书影，我甚至在微博的个人介绍中打出这样的“广告”：“嗜书瘾君子，书影爱好者，书讯挖掘机。晒书请艾特（@）水上书。”

“广告”一出，收效不小，现在，经常有书友晒书艾特我，我想说，被艾特是一种幸福。

我喜欢逛书店，可惜书店越来越少。不过，没关系，同大多数爱书人一样，我已经在自己的家里打造了一家“书店”。

对爱书人来说，书房有着双重身份，它既是书房，又是“书店”。当它作为书房时，我感到“亏欠”它良多，因为每购进一本书，都意味着欠下了一笔需要用阅读来偿还的“债”，这种“债务”就像“滚雪球”，每天都在不断膨胀，这辈子已经无力偿还；而当它作为“书店”时，我仿佛还清了所有的“债务”，从容地欣赏着“书店”这道风景。爱书人，想必都是如此吧。

比如俞晓群先生。在一次清理书架时，俞先生突发奇想：“从前，读的是书的内容，今天，何不换一种方式，读一读书的装帧、插图、版权页、前言和后记……”

这不正是我们平时逛书店最喜欢做的事情吗？通过这种方式，我们可以在短时间内把一家书店的书翻个遍，而且不会有丝毫疲倦，收获也多。

这不正是朱光潜先生所倡导的“慢慢走，欣赏啊”？在这条用书铺成的路上，我们不妨放慢脚步，欣赏道路两旁的美景，让书衣装饰你的梦境，让书影陪伴你的人生。

有时，换一种方式阅读，你将收获另一种情趣，而且，可以像俞先生一样，一口气读上数十本书，不亦快哉？！

书本里的秘密

一本书，页与页之间，都有一扇门。有时候，内心的秘密，就这样不经意地溜进门去，在时间的流逝中，成为一枚书签，只不过，这枚小小的书签，一直都带着脉动。

在令人无限迷惘的《十八春》里，就有这么一本书，这本书早已被遗忘在未知角落，如果不是因为叔惠的到来，需要临时将书房腾为客房，这本书也许不会再次出现在世钧眼前。

在这本《新文学大系》里，就隐藏着世钧内心深处的秘密。那是他曾经或者说依然爱着的人，怀着思念之情，给他写的信，他曾经无数遍地读着这封信，直到时间的洪流将一切记忆都卷进尘封的书本里。

世界上总有这样一个人，在牵挂着他，而她，现在又在哪里？读着这封信，往事历历在目。这或许也是他将信藏在书中的原因吧，一方面，书确实是最佳藏身之所，书房里的书那么多，任何秘密都可以很好地隐藏其中，被寻获的概率微乎其微，而自己凭着内心的密码，可以随时打开这隐秘的“保险柜”，在夜深人静的书房里，不会有任何搅扰；另一方面，世钧或许也希望在不经意间，逐渐淡忘这沉重的思念，从此与曼桢“相忘于江湖”，让内心的秘密从此潜藏于泛黄的书页中，不再触及心中的痛处。

世钧忽然想起，之前翠芝的狗在地上胡乱咬着他的书，想起女儿捧起他的书准备向狗扔去，他不由得有几分庆幸，假如在这个过程中，他的某封信正好在那些书中，那可就糟了。不管怎样，这封信毕竟还在自己手中，这份记忆，不会被第三个人共享与嘲讽，这是完全属于自己的，不容任何人侵犯的神圣记忆。

翠芝来了，世钧随手将信夹回书中，放回原处，他在心里告诉自己，下次要记得将信夹在第 18 页与 19 页之间。可不是，一晃，都 18 年了。

阅读无处不在

爱书人身边不能没有书，就连床头，也堆满了书。直到有一天，突然发现自己的运气真好，竟然没有在睡梦中被掉下来的书砸中。

爱书人随身带着一本书，即使不去看它，也觉得贴心，不时伸手去摸它，感受着它的存在。睡觉前，他会在黑暗中怀抱一本小书，抚摸它，翻动它，虽然明白无法在黑暗中用眼睛阅读，但是，他仍可以用“心”去“读”它，凭借记忆，默念着书中那些带给他无限慰藉的词句。

当然，对于爱书人来说，马桶上的阅读时光也是漫长而惬意的。在这个封闭的空间里，你可以放松自己，天马行空一番，直到急促的敲门声响起，才猛然回过神来，于是拉紧缰绳和裤带，缓缓地走出门来。如果有条件，能在卫生间内设置一个小书架，应该是挺不错的主意。不过，我只在梦中梦见过这个场景，卫生间的湿气是书籍的一大天敌。

在人生中，我们有不少时间是在等待中度过的。这些时间，有时是零零碎碎的，有时是大块大块的，如果不利用起来，任由时光如流水般逝去，是非常可惜的。

比如，送孩子上培训班，你得以有一两个小时的悠闲时光，不妨带一本书，找个安静的角落，静静地阅读。你有多久没有享受过这种无忧无虑、不插电的阅读时光？

或者，在拥堵的路上，我们可以听听音乐，或者在车内放一些自己喜欢的书籍，随时给自己充充电，放松放松紧绷的神经。也许汽车制造商在设计车型时，应该为书籍预留一些空间，如此安排与设计，书籍就不用和其他杂物混在一起，可以拥有自己的专属空间。

比起随身带一本书，车厢内的空间大得多，但选择带什么书，依旧是件令人纠结的事。究竟带什么书上车好呢？我想，放在车上的书，一定要耐读，不需要经常更换，内容则相对独立，随意翻开一页就可读，而不必回想上次读到了哪里。这样一想，工具书无疑是最好的选择。

比如，有位书友就在车内放了一本《古代汉语词典》（缩印本）。据说，他的书房里本已经有这本书，之所以又买了本缩印本，就是为了放在车里，体积小，方便，可以随时翻阅。有闲来无事或需要空等一小会儿的时候，他总拿出这本词典来阅读，随便翻两个字读读，也是长见识的。

无字书图书馆

为了提醒人们读书，设计师们萌生了各种阅读创意。

设计师们一致认为，人们之所以在买书后不马上把书读完，除了自身的惰性外，与书籍本身也有很大的关系。因为书实在是太有耐心了，它对读者的要求不多，即使无人阅读，数日，数月，数年，数十年，它可以一直静静地等下去。

设计师们决定改变这种现状，他们要改变书籍的“慢性子”，使书籍不再默默地等待，使人们不再天真地认为“买书的目的在于日后想看的时候可以看”，人们必须明白，假如不马上把书看完，他们将会失去什么。

这种书很快就被发明出来。我想，设计师们一定受到了超市购物小票的启发。我有保留购物小票的习惯，很早以前我就发现，在经过一段时间后，购物小票上的字迹就会完全消退。这时，如果你需要提供购物小票来维护自己的权益，就非常困难。（这是不是商家的一种发明？）

这种没有“耐心”的书，采用特殊墨水印刷，书本装在密封的包装袋里，一旦开封，书本暴露在光线和空气中，墨水就会发生反应，几个月后，书上的字就会完全消失。

目前，已有读者受到了来自书籍的“惩罚”。那是友人给他寄来的一本书，他像往常一样，打开书本随意浏览了一番，便将其置于一旁，等到他再次想起这本书时，他惊讶地发现，这本书已经成了一本空白的“笔记本”。

他实在无法相信自己的眼睛，他记得这本书明明是有字的，怎么会突然消失呢？最后，他终于在“笔记本”中找到唯一存留的一行字：“如果你还没有看完，不是书的错，因为它已经等了你三个月。”

他感到深深的自责，同时感到万分恐惧，他疯狂地翻阅着书架上的书，贪婪地读着随意翻开的每一页，他多么担心失去眼前的一切。他担心自己的“私人图书馆”有一天也会突然变成一座死气沉沉的“无字书图书馆”，到那时，他往日所仰仗的“财富”都将“贬值”，他将沦为一个可悲的“笔记本收藏者”，而所有的书上都印着同一句话，仿佛整个世界都已将他抛弃。

谁能真正看完一本书

对于一本书，“看完”代表什么呢？

我的耳边经常会响起那句诘问：“谁能真正看完一本书？”是啊，你只能说你看过、读过、摸过、闻过……但是一切都已是过去式，哪怕你一遍又一遍不间断地读着同一本书，你也不能肯定地说，你“看完”了一本书。你只是翻了一遍，书仍在那里，不会有“完结”的一天。当你终于合上一本书，让目光回到封面上，你会明白，一切又将重新开始。

虽然我们“看不完”一本书，但是我们可以通过对这本书每一页的翻阅，来宣誓自己对这本书的“主权”。当然这只是假象，也没有谁能真正“拥有”一本书，书只是书房中暂时的客人，你的书房不过是它暂时的客房。话虽如此，我们却经常需要借由这种假象，不断“占有”更多的书，并通过短暂的翻阅来安抚它们。特别是在这个时代，没有“耐心”的书已经被发明出来，这对其他的书也势必会产生影响。

对“脸”的阅读

对于书来说，封面就是书的“脸”。这张“脸”好看与否，至关重要，或者说，我们一直在寻找一张能让我们“一见钟情”的“脸”。

在书店，橱窗里展示着精美的书籍，它们都有一张好看的“脸”：有的墙面会被利用起来，悬挂亚克力板对“脸”进行展示；在书架中间，也会有专门的平台对各种“脸”进行展示。而在书架上，我们往往只能看到书的“脊背”，如果书脊上的信息足够吸引人，我们便会取下这本书，进一步欣赏它的“脸”。

在网络书店，扫描上传的大多是封面图或书脊图，在没有见过实体书的情况下，这张“脸”就是我们对这本书的最初印象，我们对它的认识全依赖这张“脸”。假如收到书时，实际封面与网店展示的封面扫描图存在偏差，我们就会感到很失望。

假如在旧书网，一本书光有一张好看的“脸”是不够的，最好让店家提供书的封底、内页、书口的图片，以便进一步判断书的品相，否则验货时的落差会很大。

张守义被称为“不要脸的画家”，他的装帧设计很有特色，他的作家肖像大多不画脸部细节和表情，有时寥寥几笔就勾画出相当传神的人物形象。

当这种“不要脸”的肖像融入封面时，便产生了惊人的效果，这张“脸”是如此好看，如此耐看，虽然没有脸部细节和表情，但一看就知道画的是谁。

这种“不要脸”的画法，恰恰是以对人物整体的把握为基础的，基于这种把握，画家甚至不需要浪费笔力去勾画具体的细节，这也是“奥卡姆剃刀原理”[①]在书籍装帧艺术中的完美运用。

---

① 奥卡姆剃刀原理：又称奥卡姆剃刀定律，“如无必要，勿增实体”，即“简单有效原理”。

写在水上的书

1819 年的夏天，有一位年轻的诗人在水面上写着什么，他的指尖从水面上轻轻划过，一个个美丽的字符便漂浮起来，随着湖面的涟漪轻轻浮动。

在那个神奇的夏天，诗人将整个生命都融入这种水上的书写，写下，即永恒。诗人告诉我们，书写不是人类的专属，大自然的书写无处不在，写在水面，写在天空，写在沙滩，写在岩石上，而在这当中，水，是最好的载体。

我们在书房里阅读一本书的同时，也不能忽略大自然这本大书。大自然无时无刻不在书写着属于自己的历史。敏锐的诗人们无疑最能读懂大自然的诗。

就连长腿蚊子也在水面上写下属于自己的句子，诗人叶芝捕捉到了这一细节，并付之于诗句“像水面上一只长腿蚊／他的思想在寂静上移动”。

还有鹭鸶，诗人北岛这样写道“鹭鸶在水上书写／一生一天一个句子”。哪怕一天只写下一个句子，鹭鸶的一生也将是丰硕的，这是一本写在水上的书，书的内容有关永恒。

海豚从水面高高跃起，欢呼雀跃，聪慧如它们又在水面上写下了什么？爱唱歌的海豚无疑是最好的行吟诗人，它们口口相传的史诗像大海一样永恒。

而在冰冷的极地，企鹅的书写都被完好地保存下来，每当它们在冰冷的水面上写下什么，就立刻被冻结起来，没有任何修改的余地。

这种水上的书写，由来已久，只要地球上还存在着“水”这一神奇的形态，这种书写便不会消逝。

人们可以将心中的疑惑写在水上，通过“水问”这一搜索引擎来获得答案，因为，水有着古老的记忆，水知道答案，而且，这种对话，丝毫不留痕迹。

一个有趣的现象是，世界上有些出版社正是以“善于书写”的物种命名的，如企鹅出版社、海豚出版社。“企鹅”和“海豚”们对出版的热情，为那些水上的书写提供了另一种阅读的可能。

“全集控”与搬运工

当我还是一个中学生时，我便迷恋上朱光潜先生文字的美。最初接触朱光潜先生的作品，是五六种单行本。最先是《给青年的十二封信》，这本薄薄的小书，从卷首的《出版说明》中我得知《朱光潜全集》的存在，但那时口袋里的零花钱还不足以使我产生“要买就买全集”的想法，那些排列整齐的精装大部头，还不是我的菜，我只能偶尔带回一两种单行本。

后来，我又陆续买了《谈美》《文艺心理学》《悲剧心理学》《变态心理学派别》《诗论》等书。这套单行本的装帧简单而不失精美，令人爱不释手。

有了这些单行本的铺垫，数年后，当我在厦门看到20卷精装本《朱光潜全集》时，简直是两眼放光，我从每月的生活费中挤出钱来，买下了这套全集，放在床边的行李箱中。

这个行李箱可以说是我在异乡的“移动书橱”。在那些漂泊的日子里，这个“移动书橱”给了我多少慰藉啊。因为有了可以灵活支配的生活费，我的“复本癖”在那时开始萌动，再加上书店里不巧就有两套《朱光潜全集》，俗话说“不怕贼偷就怕贼惦记”，在买了一套之后，我开始惦记着另一套，最终我说服自己，这么好的书，应该有两套，一套带回家收藏，一套放在身边随时拜读，这样，不管在家乡还是在他乡，都可以读到。

于是，在一个寒冷的早晨，我又一次来到书店，将第二套全集装进行囊。路上，为了省点路费，我打算扛着这套全集步行到公交站，这样只要再花两块钱就可以回到住处。岂料，这套全集越来越显示出它的厚重，最后我只能中途拦下一辆的士，而我的最后一点点力气，只够把全集放进车里了。

类似的情形还发生过很多次。在那些日子里，我几乎每周都回家一次，目的在于把所买的书都搬回家，有时是百科全书，有时是全集、文集，比如《傅雷译文集》《鲁迅全集》《卡夫卡全集》《普希金文集》《博尔赫斯全集》等，这些书都是在那时购置的。

从《朱光潜全集》开始，我逐渐成为一个“全集控”和“复本癖”患者。我仿佛就是为了买书而来到另一座城市，为了搬运书籍而往返于两地之间，为了亲近书，我甚至在书店当过两年店员。

现在回想起来，当一个书籍搬运工，也是非常幸福的。

贰 书籍与书房

书籍的灾难

书籍很容易遭灾，火灾、水灾等天灾自不必说，对于书籍的保管来说，虫害是一大灾难。比如那些书香四溢的书籍，用料好，平日里你经常会快速翻阅它们，以便嗅闻其飘散出的馨香，然而，很不幸的是，书虫也很识货，通常这类书也比较容易遭书虫入驻。

小小书虫还不打紧，至多是被你发现时，赶紧停下脚步，冒充书中的一个标点符号罢了。令人心痛的是蟑螂，这种古老的物种，不但面目可憎，平日就是你的一大对手，而且它一旦出现在你的书堆里，也将令你惴惴不安，你不会知道，它又将对哪本书下毒手，而且一般是挑选非常隐蔽的场所，它似乎能够感应到，有些书你已经很久没碰了，比如那些大部头的百科全书，挑选这些书下手，周期长，安全性也高。蟑螂就是这么一种害虫，它肮脏且不乏智慧。

我的一本中国大百科全书就不幸遭遇蟑螂入侵。那是《音乐·舞蹈》卷，书龄20余岁，不论从材质还是厚度来说，都是蟑螂极佳的下口对象。那只蟑螂从玻璃缝隙中钻入书橱，凭它的直觉和嗅觉，选择了中国大百科全书专柜，躲到这本跨度最大的书后，开始对书页进行啃噬，它的目的很明确，从这片松软的“土壤”中挖出“土”来，混合上它吐出的黏液，就成了一种非常好的“建筑材料”，它将这些材料覆盖在它所产的卵鞘上，以便将其固定在这座“书山”的“峭壁”上，同时还可以为卵鞘保温，帮助孵化幼虫。

当我有一天为查询某个音乐方面的词汇而取出这本书时，我才发现了它的“杰作”，眼前是一片狼藉，卵鞘早已破裂，棕色的残壳仍牢牢地黏附在书页上，幼虫早已不见踪影，书页到处是啃噬的痕迹，被啃过的地方，书页全部粘连在一起，难以打开，清除工作做了半天，而且是带着十分厌恶、沮丧的心情。这是书籍的灾难，也是爱书人的苦难。

除了在书籍上产卵，把书籍当“产房”，蟑螂有时也把书籍当“厕所”，把书籍搞得面目全非，特别是那些比较容易磨损的封面材料。我有一本书的封面就被蟑螂给毁了，擦掉蟑螂的排泄物后，封面已经到处是污点与破损，当时我正需要这本书的封面照片，然而看到这个样子，只好作罢。

相比之下，蚊子在书架及书籍上所留下的密集的黄褐色的星星点点，看上去要“可爱”得多，而且，它们通常还是可以擦拭掉的，不至于留下太多的印记。

对于书房来说，最可怕的莫过于老鼠了。有这么一个谜语：“老鼠进书房（打一四字成语）。”谜底是“咬文嚼字”。不是咬就是嚼，即便不咬也不嚼，想想老鼠随时需要打磨的利齿，浑身沾满细菌的灰色身躯在你的书房中任意穿梭，鞋带般粗长的尾巴扫过书的封面，肮脏的四肢爬过你的书架，践踏你心爱的书籍（平时你看书前，总要净手焚香，唯恐亵渎了书的神圣）……所有这一切，已足够令你抓狂，足够令你想尽一切方法与之战斗！无怪乎曾有一学者，因老鼠进书房而寝食难安，换作是谁恐怕都无法安眠吧。

但你该明白的是，书房里可能出现的物种远比你想象的多，比如蠹鱼（总是突然从装书的箱子里钻出来），比如蜘蛛（特别是那种长腿蜘蛛，几乎有拳头那么大），比如壁虎（半透明的身躯总让我感到害怕），还有蜈蚣！我曾亲眼看见一只中等体型的蜈蚣，迈着整齐划一的步伐（它的动作多么像在划龙舟啊）从我的书房中爬出，我不知道它要去哪里，但我很高兴它要走了。

书中的美食

打开一本书，让你的目光在文字的田野里穿梭，在自由的王国里徒步旅行，经过长途跋涉，你将对食物有一种急迫的渴望，一旦得到满足，那滋味是多么美妙。

在书店见过一本大部头，书名叫《有生之年非吃不可的1001种食物》（有生之年要做的事实在太多了），然而，这本图文并茂的书籍所引起的饥饿感，却没有卢梭的《忏悔录》来得强烈。因为图片的冲击力是对于视觉而言的，而文字的感染力却能让你随着作者的细节描述，在字里行间细细品尝食物的美味。

例如，在自巴黎到里昂的旅行中，我们看到，卢梭经过长途跋涉后，迷失方向，疲劳饥渴，他走进一个农民家，请求让他付钱吃顿饭。起初，农民给他拿来脱脂牛奶和粗麦面包，卢梭吃得津津有味，将之一扫而光。接着，农民又给卢梭拿来一块纯小麦做的面包，一块虽切过却令人开胃的火腿，一瓶葡萄酒，以及一盆厚厚的鸡蛋饼。卢梭说，他吃了一顿不是步行者绝对品尝不了其中滋味的晚餐。

卢梭细腻的描述，令人胃口大开，记得第一次看到这些段落时，那种感觉，就像是坐在卢梭身旁，与他一起分享眼前的美食，他的每一个形容词，都像是涂抹在名词上的一层奶油，令人不禁垂涎三尺。

可爱的书名号

书名号自从被发明出来之后，就成为嗜书症患者“爱屋及乌”的一个表现。书是如此神圣，以至于连书名号也跟着可爱起来。

在翻阅那些“关于书的书”时，我们的眼球不断地在书名号与书名号之间来回跳跃，书名号对我们来说，仿佛就是一块块踏板，令我们得以在知识的海洋里快速通行，便捷地获取有关书籍的信息。

假如在一本书中，书名号出现的频率很高，那么，几乎可以断定，作者是个“书虫”，他的每句话都离不开“书”这个完美的主题。

当然，当书名号用得多了，比方说，作者写的每篇文章也都被加上了书名号，那么这种兴味就将减半，因为你还得不时停下来做出判断，这到底是一本书的名字，还是一篇文章的名字。

不过，这只是中文世界的烦恼；在英语世界，书名一般用斜体表示，很容易辨别。而在德语中，书名号的方向则显得有点别扭，在我们看来，“》《”有点像是一件被穿反了的衣服，不过，谁说衣服不能反穿呢？

书架、书堆与“知识的尘埃”

有一段日子，我为买书还是买书架而纠结不已。那时手头不是很宽裕，偏偏经常光顾的一家书店宣布将停止营业，所有的图书，退货的退货，处理的处理，包括我原打算“寄存”在书店慢慢带回的书籍。我迅速从书架上抽出了我的“寄存物”，唯恐被人捷足先登（请注意，这不是在“星期三书店”里，没有人会为你保留一本书），如此来回几趟，几百本书带回了家。

问题随之而来，如何安置这些突然到来的客人？书店很快贴出“书架出售”的标签。我摸了摸钱包，心想，我到底是买书还是买书架？买了书架，买书的钱自然就少了，但是不买书架，买来的书又无法获得自己的立足之地，真是矛盾。

后来，我还是挤出一些经费，购买了三个书架。从现在的角度来看，这个决定是明智的，因为直到现在，我仍不时后悔当初没有买下 10 个书架或者更多，要是有足够的书架，将每本书展示在眼前，查找、取放方便该多好。

将书堆在一起，绝对不是个好主意。有时突然想起某本书，想要去找，看见庞大的书堆，马上又打消了念头，特别是当那本书被压在书堆的最底部时。而且，当书堆在一起，也就意味着你无法经常去翻动它们，无人问津、爱护和阅读，无疑将加快一本书的老化。

记得曾看过一个令人叹息的关于藏书的故事，故事名叫《知识的尘埃》，作者为秘鲁小说家里贝罗，讲的就是上万册的藏书如何成为一堆“知识的尘埃”。

故事中，主人公的父亲常说：“坐在藏书室里的一把椅子上贪婪地阅读着随手拿来的书籍的时代，是我一生中最幸福的岁月。”

在里贝罗笔下，那个将万册藏书囚禁的密室，就像一个“发酵池”，这个狭小的房间里（想象一下仆人住的房间能有多大），一万册图书从水泥地一直堆到了天棚，再加上常年的锁闭，加速了书籍的虫蛀、发霉、腐烂，主人公所向往的藏书，早已成了一大堆发霉的纸，这一堆发霉的纸，如同一片“沼泽”，一不小心，便会深陷其中，而且里面充满了可怕的病菌。

最后，主人公不得不面对现实——他朝思暮想的藏书，已经成了一堆垃圾，“一度曾是光明和乐趣源泉的东西，现在已经化成一堆毫无用处的粪土”。

书籍是巨大的锚

如果你热爱一个地方，那么，你会愿意在那里放上几本喜欢的书，最好是复本，这样，不管在哪里，你都有属于自己的小宇宙。

如果你热爱一座城市，愿意在那座城市终老，那么，你会愿意在这座城市的某个角落，打造一间属于自己的房间，并且，用书籍装满它。

反之亦然。

当你一心想要逃离一个地方，首先，你会撤回你所带的书籍，哪怕最终你只能妥协。

当你感到书房是巨大的负担，那是因为你觉得你因此而无法在一个城市里自由流动。

书籍是巨大的锚，而你的整个人生，就是一艘大船。你需要巨大的锚，来稳定自己的坐标，抵挡来袭的狂风和暴雨；你需要巨大的锚，来保持内心的静谧。

但是，一旦抛下这巨大的锚，你会发现，要收起它来是多么的困难。

书房里的静谧时刻

书，为你抵挡了弥漫的尘埃，阻隔了尘世的喧嚣，营造了心灵的归宿。亲手为自己打造一个心灵的单间吧，哪怕它将挤占现实生活的空间。

要记住，把书成堆地堆在地上，或装在箱子里，或闷在塑料袋里，都不是对书最好的照料，它们应该拥有属于自己的空间，哪怕是复本，也应该拥有属于自己的立足之地。

当书远远超出书架的存储空间，书斋也就成了“书灾”。它们就像疯长的树根，很快占据了所有能够涉足的土地。箱子越堆越高，里三层外三层，虽然每个箱子都标了书名，但是，如果突然想起可能装在里层底部箱子中的某一本书，在这种毫不确定的情况下，你会愿意搬开所有箱子去寻找它吗?

在饱受“书灾”之苦后，我开始明白，再穷不能穷藏书，再缺不能缺书架。书架就好比一棵树的生长点，有了这个生长点，书房这棵树才能继续向上伸展。

为了扩大容量，我最终使用了可双面放置的书架，这种书架可随意设置每层的高度，书架高 2 米，长 1.5 米，宽 50 厘米。我将书架设置为上端两层各25厘米，放置一些开本不大的书籍；下端三层各30厘米，放置一些开本较大的书籍，这样即使是开本较大的《十三经辞典》，也能够轻松放置。为了防潮、防虫、防尘，我在书架底部留了30厘米的空间。

我也曾考虑使用密集架，可以最大限度地利用空间。但据一位书友说，他曾让安装人员来看过书房，结果，被对方“鄙视”了。我担心遭遇同样的情况，便打消了这一念头。

不能安装密集架，就得为双面书架预留出足够的通道，最终，我在每个书架中间都留了50厘米的空间，通行、取阅都绰绰有余。

现在，所有的书都被安置得妥妥帖帖。不过，我预感到书架很快又将告急，在不久的将来，我又将面临一场“书灾”，这是难以避免的。

但是，我会珍惜眼下美好的静谧时刻。书，书架，书墙，书房，这就是我的“书式生活”。

当我穿行于书架之间，站在厚实的书墙旁边，我第一次感受到这种静谧，这种完全由书带来的神奇感受，令我更加迷恋我的书房。

我想，世界上最令人苦恼的事，莫过于让我离开我的书房。

书房的气味

书房的气味来自书。书架本身不应该有味道，也不应该释放什么甲醛。书房之所以令人陶醉，与书房的味道密不可分，虽然你未必意识到这一点。书房是赏心悦目的，哪怕它有些许凌乱。我们追逐着书的气味，就像格雷诺耶疯狂地追寻着他的气味王国。

爱书人的一大癖好就是闻书，闭上双眼，深吸一口气，沁人心脾的气味便涌入你的鼻翼。油墨、纸张、用材，所有这些气味混合成了一种最令你迷恋的气味——“书香”。

如果有人能开发出一种名为“书香”的香水，我想，一定会大受欢迎的。

当然，在书房里也存在着污染源，那是油墨与皮革所释放出来的气味的混合。特别是一些皮革封面的精装书籍，往往会散发一种令人眩晕的气味。一旦你在书房里感到不适，就应该立刻开窗通风，并且查出污染源。

比如，我发现《不列颠百科全书》一摆上书架，整个书房便充斥着一种浓烈的“芳香”气味，这大概就是皮革封面释放出的芳香烃等有害气体吧。在这种情况下，在书房里待久了便会产生眩晕感。

在书房里捉迷藏

书房绝对是个有趣的地方。

每一本书都通向一个可能世界。每一本书都有可能是一间密室，等待着你去探索。每一本书都像一个孩子，等待着你的抚慰。

它们甚至向你宣告："每一本书都享有被每一个人翻阅的权利，每一个人都负有翻阅每一本书的义务。"

近来，在书林中穿梭，我甚至觉得，书房真是个捉迷藏的好地方。

首先，书经常和你玩躲猫猫的游戏。突然想起某本书，伸手去取，但是不见踪影，任凭你怎么翻找，它就是不出来，让你心急火燎。

其次，书房非常适合作为捉迷藏的场地。前提是，这样的书房必须具有层次感，不至于一眼望穿。我目前的书房正好符合这个条件，它由五排平行书架组成，中间留有四个通道，要想找到躲起来的人，非得深入探索不可。

我愿意做那个躲在书房里的人，在被发现之前，我可以尽情地阅读某一本书。

在阅读中，等待你的到来。

书房里的猫

爱猫者多，猫的故事也多。文人与猫一直有着不解的“情缘”。文人书房里的猫，比起普通的猫，大概也会多几分书香气息吧。

印象中，最早看到的“文人与猫”的故事来自丰子恺先生。

当时，丰子恺先生坐在书桌前，那只猫就静静地端坐在先生的肩头，这只好奇的猫仿佛正在看主人都写了些什么，是不是关于猫的故事？或者正在画与猫有关的漫画？有时候，丰子恺先生正在书房看书，猫咪也会悄悄爬上主人的头顶一探究竟，这种“人猫同读”的场景，实在堪比小型“读书会”，更是人与一切生灵和谐共处的典范，没有一颗“护生”的心，大概是难以达到这种境界的。

叶君健老先生也有一只猫，它长着一身光滑的黑毛，名叫“黑玫瑰”。这只标致的黑玫瑰有时会潜行到叶老的书房，纵身跃到叶老膝上，动作轻巧，以至于正在写作中的叶老都没有发现。只有当它用爪子轻挠撒娇的时候，叶老才发觉它的存在。这个时候，叶老会轻轻地在黑玫瑰的头上抚摸两下，给它一个拥抱、一个亲吻，然后送到门外，回到案头继续被打断的文思。

老舍先生也是爱猫之人，他曾抱着猫咪在寓所前合影留念，也曾为猫写下不少诗文。老舍先生认为，猫要是高兴起来，比谁都温柔可亲。老舍先生在写作时，如果猫跳上书桌，先生也全不介意，哪怕它在稿纸上踩出几朵“小梅花”，也是一种荣幸。因为，猫若是不高兴，无论你说多少好话，它连半朵“小梅花”也不肯给你留下的，就是这么傲娇。

书房里的猫，与文人和谐相处，与书之间的关系又是怎样的呢？它们会不会用爪子重重地在封面上留下“已阅”的印记？它们会不会趴在一本翻开的书上睡大觉？它们会不会把书架占为己有繁衍后代？它们会不会躲在书架之间和你躲猫猫？

我不得而知，因为在我养猫的时候，年纪还小，那时我没有自己的书，没有书架，更没有书房，而现在，我有了满屋子的书，可是我已不再养猫。非常遗憾，我无法看到书房里的猫，也无法看到猫在书房里的那种英姿或者妖娆。

震波穿过我的书房

“我会想念，所有读过的书，认得的字……我看见过，被地震摇晃的屋子，在一个非常美好的晴天，旅行纪念品掉下来，引起惊呼……”

“书籍”与“地震”，这两种似乎“风马牛不相及”的事物，就这样在同一首歌中共存着。

如果说，“书籍”与“黑夜”是一个绝妙的讽刺，那么，“书籍”与“地震”则是一个我们不得不面对的现实。

凌晨1点50分，震波穿过我的书房，犹如一列火车通过一段铁轨。震波快速穿过书架，留下轻快而又沉重的“脚步声”，这富有节奏的声音依旧在我耳边回响，我一遍又一遍地回忆着这个声音。地震就这样轻而易举地穿过这片土地，穿过这幢建筑，穿过我的书房，穿过我的书架，穿过我的书，以一阵波的形式。

我要感谢我的新书架，由于它们的结构所具有的灵敏性，使它们可以敏锐地捕捉到地震来临的消息，早在安装它们的时候，它们所发出的声响，就已使我隐隐感觉到，它们将成为这座房子里最敏感的“地动仪”。

在被地震摇晃的屋子里，虽然没有任何事物掉落，却已足够令人烦恼。书与其他“财产”不同，当地震来临时，你无法进入书房，因为在摇晃的书架前，你犹豫到底先抢救哪本书时会错过最佳逃生时机。也就是说，在危险来临之际，你一本书也带不走，这“身外之物”再次引起你的思考，无疑，只有将所有的书全部装进自己的脑袋，才能真正带着书逃生。

必须面对的现实是，面临地震，书籍与其他事物并无本质的区别，当建筑物坍塌下来，书籍与碎石瓦砾无异，没有人会在废墟上抢救毫无生命迹象的书籍，甚至一阵雨，就能把所有的希望扑灭，让所有的书籍都泡烂在水里。

且用书籍给予你的慰藉，反过来，去慰藉你的书籍吧。

书籍自有其命运

当一本书以书的形态来到这个世界，它就准备好了接受属于它的命运，流转或滞留，阅读或封闭，爱惜或践踏，存在或毁灭，所面临的一切都会坦然处之。因为，书籍自有其命运。

更多的书，和它们的作者一样，注定要经历坎坷，它们的出生也历尽艰难。

兰波的一部诗集便是这样的命运。

据载，1873年7月，在布鲁塞尔，兰波被魏尔兰开枪打伤，魏尔兰被捕并被判处两年徒刑，兰波于一周后出院回到母亲身边，在那里完成散文诗《在地狱中的一季》。

这部诗集是兰波艺术与爱情失败经历的记录。诗集在比利时付印，因兰波无力支付印费，全部束之高阁。

直到1901年，新世纪的曙光来临，这部诗集才被人发现，然而诗人早已远去。

书籍的漂泊

不需要花一分钱却可以周游世界，这恐怕只有“钞票”本身才能做到。郑渊洁写过《奔腾验钞机》，通过不同面值钞票的所见所闻，为人类世界做了特写。而在书世界，也有一些书，注定一生漂泊。

它们是网络时代的产物。由于网购的局限性，在收货验收之前，你无法确定商品是否完好。有时，你难免会收到残次品，甚至是来自其他消费者的退货商品。

有时候，你不得不申请换货，然而，你发现换回来的货比第一次配送的货还要差。特别是一些大型的套装书，一旦有磕碰破损，换货非常麻烦，当你终于下定决心申请换货，却惊讶地发现再发来的货磕碰破损更多，简直就像是专门用来敷衍换货环节的特殊商品，令人哭笑不得。

而有的书，虽然存在质量问题，但是退货后显然没有被送到“问题商品”区进行处理，而是直接回到库房，在下一个订单中被配送出去，并很有可能再次退回库房。

因此，这种情况很有可能发生：你申请退换的一本书，在兜兜绕绕了一圈之后，又回到了你的手中。原来，书也和人一样，从降生的那一刻起，便不停地漂泊着，寻找着属于自己的归宿。

一本漂泊的书，无疑更需要你的慰藉。这一次，你不再拒绝它，而是心平气和地接纳它，仿佛故友重逢，你非常想知道，这段时间，它都去了哪里，有着怎样的遭遇……

有关书籍的梦境

有人梦见书籍是一面镜子，总是向我们揭示另一副面孔。

有人梦见第四维与里面寄生的鸟兽。

有人梦见一座由书籍构成的迷宫，没有起点，也没有终点。

有人梦见阿隆索·吉哈诺无须离开自己的村子和舍弃自己的书籍就能变成堂·吉诃德。

有人梦见一部并不存在的书籍，并在梦中将其撕毁。

有人梦见偷书贼在监狱里继续偷书，而且还是监狱里的图书管理员。

有人梦见宇宙不过是一本无意中被打开的书，它飞速旋转，书中的字母、符号、文字被快速甩出，四处飘散，一会儿组成这个，一会儿又凝聚成那个。

有人梦见宇宙是个浩瀚的无字书图书馆。

有人梦见伊帕奇亚图书馆，在装满羊皮纸书卷几乎要倒塌的书架间迷了路。

有人梦见特奥朵拉图书馆，那里收藏着布封和林奈的著作。那些曾经有过的物种，在保存古籍的地下书库里蠢蠢欲动。

有人梦见一望无际的军队和不计其数的书籍，以及两者都不可避免的死亡。

有人梦见书籍在行吟诗人之间口口相传。

有人梦见古代诗人借助轻盈的诗句飞翔。

有人梦见不再有书籍的遥远世纪，幸运的是随身带着一本书，书又生书，子子孙孙无穷尽也。

当世界上不再有人梦见有关书籍的梦境，那一定是有谁轻轻地合上了宇宙这本大书，动作是那么轻柔，以致没有人会感觉到。

书房里的“虫子”

书架上，总是容易落满尘埃，小虫子在上面活动，它不是静止的，它在不断变化。纸张随着空气中的湿度而发生变化，书本随之变形，原本平整的书口变得参差不齐，看起来就像是未经裁切的毛边本。封面也容易发霉，长出一丛丛绿色的霉菌，令人毛骨悚然。一堆书，假如无人照料，久而久之，都可以长出蘑菇来了。

在我的书架上，还有另外一些“虫子”，除了辽宁教育出版社书脊上端的那只神奇的“脉望”，还有河北教育出版社《卡夫卡全集》书脊下端的那只“四脚朝天”的小甲虫，以及《哈扎尔辞典》（阴本）初版书脊中间的那只大苍蝇，它是那么逼真，以至于每次瞥见它，我都有去拿电蚊拍的冲动。

当然，还有十卷本《昆虫记》，每卷封面上都有不同的昆虫，如卷一封面上是执着于滚粪球的屎壳郎，它是那么倔强，无论遇到什么困难都无法阻挡它对滚粪球这一运动的热爱。卷十封面上则是一只蜗牛，它总是随身携带着所有家当，不知道它的蜗居里是否也藏着一本书，否则旅途不是太寂寞了？它的每一步都是那么优雅，留下了属于自己的痕迹。假如有一只优雅的蜗牛愿意光临我的书房，我会受宠若惊的。

幸运的是，目前还没有人将可恶的蟑螂印上书脊。书房里出现蟑螂是令人厌恶的，特别是当它炫耀自己的飞行能力时。它的飞行是那么笨拙，以至于刚起飞就跌落下来。如果有一天，我看见一只蟑螂趴在我的书上，我会崩溃的。

而每当你躲进“书林”，享受“林子”里的静谧时，你要知道，这种时光也是短暂的，因为著名“歌唱家”蚊子也将翩翩而至，在你耳边温柔地唱起“蚊子的山歌”，让你很有为之“鼓掌”的冲动，虽然你暂时还腾不出手来。

不得不承认，人，想要在这个世界上“诗意地安居”，必须忍受一些细微的骚扰，哪怕你躲进书的世界，哪怕你变成一只“书虫”，你会发现，你不过是书房里昆虫群体中的一员。

书房里的“世界”纪录

书房是一个世界，一个属于书的世界，一个美妙的“书世界”。

在每一个“书世界”里，都有属于自己的“世界”纪录，这些纪录同样不断被创造，不断被刷新。现在，就让我们钻进自己的书房，统计一下存在于书房里的“世界”纪录。

在我的“书世界”里，有这样一些“世界”纪录——

开本最小的书——《书之爱》，小64开，辽宁教育出版社。

开本最大的书——《十三经辞典》，大16开，陕西人民出版社。

最轻的书——《书之爱》，重60克，辽宁教育出版社。

最重的书（单册）——《十三经辞典·毛诗卷》，重3750克，陕西人民出版社。

最薄的书——《共产党宣言》，书脊厚度仅3.5毫米，人民出版社。

最厚的书（单册）——《辞源》（修订本）下册，厚度为78毫米，商务印书馆。

页码最少的书——《低音提琴》，59页，上海译文出版社。

页码最多的书（单册）——《辞海》（缩印本·音序），

2611 页，上海辞书出版社。

定价最低的书——《给青年诗人的十封信》，定价 3.80 元，生活 · 读书 · 新知三联书店，1994 年 3 月出版。

定价最高的书——《王云五全集》，定价 2980 元，九州出版社；《巴尔扎克全集》，定价 2980 元，人民文学出版社。

复本最多的书——《书之爱》，共 340 本（截至 2017 年 1 月 4 日），辽宁教育出版社。

复本最多的套装书——《朱光潜全集》，共 3 套。旧版全集（20 卷本）两套，安徽教育出版社；新版全集（1–10 卷）一套，中华书局。《卡夫卡全集》，共 3 套。旧版全集一套，河北教育出版社；新版全集两套，中央编译出版社。新版《契诃夫小说全集》（十卷本），共 3 套，人民文学出版社。《福楼拜文集》（五卷本），共 3 套，人民文学出版社。……

最具纪念意义的书——《史记》修订本，编号 1351（这个编号是否意味着我将在“书世界”里“一生无忧”呢），中华书局。

书名最短的书——《飘》，浙江文艺出版社；《死》，译林出版社。

书名最长的书——《七世纪至十九世纪中国的知识、思想与信仰》，复旦大学出版社。

书龄最大的书——《JOHN KEATS》(《济慈传》，艾米 · 洛威尔)，1925 年出生，霍顿 · 米夫林出版公司。

味道最重的书——《不列颠百科全书》（修订版），中国大百科全书出版社。

味道最香的书——《普希金诗选》，人民文学出版社。

作者最帅的书——《加缪全集》，河北教育出版社。

作者最美的书——《香港当代作家作品选集·陈实卷》，天地图书。陈实，诗人、散文家、翻译家，《隐形的城市》《不安之书》译者。当时光老去，定格在时光里的青春年华依旧闪耀，依旧圈粉。

封面最赞的书——《卡尔维诺书信集（1941–1985）》，普林斯顿大学出版社。

最有“默契”的同名书籍—— “两座看不见的城市”：卡尔维诺《看不见的城市》，译林出版社；罗萨莱斯《看不见的城市》，人民文学出版社。“世界三大忏悔录”：奥古斯丁《忏悔录》，商务印书馆；卢梭《忏悔录》，商务印书馆；托尔斯泰《忏悔录》，译林出版社。

最“巧合”的书——同年同月出版的同名书（简直太巧合了，这种概率微乎其微）：伯利《书之爱》，2000 年 1 月出版，辽宁教育出版社；王强《书之爱》，2000 年 1 月出版，世界知识出版社。

最好看的影集——《世纪学人 百年影像》，山东画报出版社。

装帧设计最好的书——《康德著作全集》（九卷本），敬人书籍设计，中国人民大学出版社。

最“豪华”的书——译文名著典藏，三面刷金，上海译文出版社。

最“励志”的书——《堂吉诃德》（董燕生译本，精装典藏版），北京燕山出版社。这本大部头的腰封上印着一行字：“哪怕全世界都在嘲笑，你还是要做自己的英雄！”仅此一句，已足够激励人心。

最具“远景”的书——《未来千年文学备忘录》，辽宁教育出版社。

最令人开心的书——《父与子》（完全典藏本），译林出版社。

最令人忧伤的书——《父亲和女儿》，海豚出版社。

最令人悲伤的书——《妞妞——一个父亲的札记》，上海人民出版社。

最令人安心的书——《阅读是一座随身携带的避难所》，北京联合出版公司。

最令人向往的书——《书天堂》，广西师范大学出版社；《书的国度》，格林文化；《书世界》，九州出版社。

最令人纠结的书——“新网格本”——“外国文学名著丛书”，人民文学出版社。我纠结了大半年，最终还是愉快地“入坑”了。当一个人经历过搬家过程中的搬书之苦，就会明白书轻一点也不是完全没有好处。

最适合阅读的工具书——《中国文学鉴赏辞典大系》《外国文学鉴赏辞典大系》，上海辞书出版社。

最精美的科普图书——《科学编年史》，上海科技教育出版社。

最“磨人”的书——《克尔凯郭尔文集》，一套于2001年启动，2005年12月开始分卷出版，至2020年12月才全部出齐的十卷本文集，中国社会科学出版社。

最精致的平装本——《克尔凯郭尔文集》，一套比精装本还精致的平装版文集，中国社会科学出版社。

最值得期待的译者——张卜天，被誉为“绝无仅有的译者”，从 22 岁开始着手学术翻译，至今已出版学术译著几十部。可以预见，今后书店里将有一种新的分类法叫作“张卜天译著”。

最被译名“耽误”的书——《地球探赜索隐录》。这是一本观点强大而又神奇的书，它有一个朴实无华的原名（*Thinking about the Earth:A History of Ideas in Geology*），现在的译名当然是为了增加你寻获它的难度以及偶然得到它时的欣喜。

……

“书世界”里的“世界”纪录何其多，只要你愿意去发现。快告诉我，属于你的“世界”纪录。

书籍的待遇

书籍在爱书人的书房里自然受到了应有的礼遇，所有的书，都会得到妥善合理的安置，没有一本书会受到差别对待，可以说，在书房里，所有的书都是生而平等的。

在网络时代，书籍的待遇，更体现在物流环节。有的享受的是“头等舱”的待遇，有的只能搭乘“经济舱”来到你的面前。

当你在网络书店订购一本书或一套书，接下来便是怀着忐忑的心情，等待着书的到来，谁也不知道，在这个过程中，书籍会受到怎样的待遇。

有的书，从仓库出来之前，封底已被圆珠笔画得面目全非，似乎有人在测试一支笔是否还有笔墨，手头却没有纸，于是就在手边的书上进行测试。然后，这套书经由物流配送，来到了你的手中，你想擦掉这笔迹，却发现很难。

如果只接触几本书，手是不会沾染多少灰尘的，但是如果整天在仓库里配书，这双手在取下一本没有塑封的书时，必然会在书的封面或书口处留下黑乎乎的手指印（手指印还算好的，有的书上还会有硕大的脚印）。

有时候，你远远地看到配送员手中的包裹，通过外包装，你便知道你的书受到怎样的待遇。大部分的书，特别是单本书，是包着塑料袋来的，难免会有磕碰或折痕，甚至书脊出现断裂。

比如《书之爱》这样的小开本，就算三五本一起买，也没有多少厚度，套个塑料袋，已经算是很奢侈了。不过也有例外，有几次因为最近的库房没货，需要从其他库房移仓，收到书时我才知道，不同的库房给予书的待遇是不同的，这种小册子竟然是装在小盒子里来的，真是令人感动，也让人感叹不同区域的差别待遇。

同时到达的书，对比更加强烈。有一次，四卷本《上海的早晨》和英文版《卡尔维诺书信集》同时到达，《上海的早晨》这一套厚厚的书居然只给包了一层塑料袋，而《卡尔维诺书信集》则配有纸箱，打开一看，纸箱里面还放了充气袋，真是太贴心了。

当然，并非所有的进口原版书都能享受到较好的待遇，特别是平装本，比如伯利《书之爱》英文版，我原以为这本书会搭乘“头等舱”来到我的面前，没想到只是包了一层薄薄的塑料袋。

当然，提高书籍的待遇光靠物流环节是不够的，特别是套装书，更需要出版社在包装上多下功夫。比如中国人民大学出版社出版的九卷本《康德著作全集》，就配有质地硬朗、设计精美、取放方便的函套，在装入纸箱时，还在函套的八个边角加了泡沫垫进行保护，再加上网络书店配送时加的外箱，整套书就得到了很好的保护，这才是书籍所应有的待遇。

又如 2019 年 3 月译林出版社出版的《鲁迅编印版画全集》，

同样采用了这种保护措施，非常贴心。不过，也有部分读者反映，某网络书店在发货时为了所谓的“方便包装”，擅自将这套书的原箱和泡沫垫除去，导致图书在运输途中出现磕碰破损，这种行为实在是极不可取，更是对出版社及顾客的极不尊重。

书籍的牺牲

总有一些书籍为自己的同胞做出牺牲。

当你下载一本 PDF 格式的电子书时，当你看到翔实可靠的版本时，应认识到，这是一本书用自己的牺牲换来的图像文件。

总有一本书会被挑选出来作为牺牲品，被拆解成一页页，进行扫描或被制作成影印本，得到更广泛的传播：或被制作成电子书，为读者带来更多便利；或被上传到网络书店的“在线试读”页面，为读者购书提供更多信息。不论如何，这本书都以自己的牺牲，促成了自身的传播，它的牺牲获得了应有的回报。

我很好奇的是，那些被拆解得零零散散的书页，最终都去了哪里？是否因为它们不再具有一本书的完整形态而被随意丢弃、销毁？或者有人小心翼翼地将它们搜集起来，按页码顺序重新装订？

这多少有些残酷，虽然它们只是一本书的复制品，但是它们无疑都是独立的，因为世界上没有两片完全相同的叶子，也不会有两本完全相同的书，哪怕是复本与复本之间，总还是存在一些微小的差异，能够被辨认出来。

如果说这种牺牲是出于人们对书籍的需要，那么另外一种牺牲则是出于人们不再需要。每年都有很多出版物堆积在库房里，等待着化为纸浆。一些时效性较强的书，还有滞销图书，在时过境迁之后都将化浆重生。但不可否认的是，也会有一些好书夹杂其间，如果花时间去翻一翻，应该还是可以抢救出一些的。

书毕竟不是为了化浆而生的，它是带着自身的使命来到这个世界的，在它的身上，无不倾注着作者、编辑、美编等人员的心血。

书不同于其他出版物。报纸看完可以丢掉，杂志看完可以捆起来卖掉，但每一本有过交集的书，都令人难以割舍。买入一本书，意味着它在书房里从此占有一席之地。因此，买书需要慎重，毕竟，请书容易送书难。

年轻的书房

在《神奇飞书》中有这样一个场景：莫里斯先生给一本年迈的书（这本精装书几乎散页了）做检查，他戴着听诊器认真地听着书的心跳，用放大镜仔细地查看书的病情，用胶带修补掉落的书页，但它的心跳仍是那么微弱，它还有救吗？莫里斯先生不禁皱起了眉头。

后来，莫里斯先生通过阅读使这本书获得了新生。看来，对于一本书来说，是否完好无损并不是首要的，重要的是有人来读它，用手指碰触它，翻动它，通过对每一个字符的阅读来激活它的心跳，否则，它将失去生命的活力，直至停止脉动。

而我们的书房是如此年轻（在我的书房里，书龄最大的书也才 96 岁），大多数的书都泛着亮丽的光泽，散发着清新的香气，以方阵的形式在书架上等待着你的检阅，英姿飒爽，书装挺括，书影迷人。

不过，也有少数例外，它们最艰难的时期是在纸箱里度过的，在沉重的压力下，渐渐失去原有的面貌。大概因为放置方式不对，它们的身体渐渐弯曲变形，以致日后如何整形都难以恢复原貌。

在我们年轻的书房里，每天都在迎接着新的生命，它们从四面八方向你靠近，越来越近，直至到达你的坐标。如果我们在墙上挂一幅地图，并将网络书店库房所在地与你的坐标用箭头进行连线，你会有一种“十面埋伏”“兵临城下”的感觉，仿佛所有的订单瞬间化为一支支射出的“利箭”，向你飞驰而来，而你竟然承受住了每一波攻袭，在如此猛烈的攻势下依然屹立不倒。

书房无疑是一面强大的“盾牌”，它收容每一支“利箭”。如果没有书房的支撑，你早就倒下了。而你多么希望书房能变成那艘神奇的“草船”，助你一举将十万支“利箭”统统收入囊中。

书房是那么宽容，它既喜新，也不厌旧。有时我们对一本“老书”的迷恋程度，不亚于任何一本新书，虽然新书是那么年轻貌美，但从“老书”的身上，你可以感受到岁月的恩泽。一本随着岁月泛黄的书，书页的颜色是那么迷人，轻轻地打开它，仿佛置身美丽的黄昏，火红的晚霞正映照着你的脸，让人感觉浑身暖洋洋的。

还有一些书，是从旧书店里淘来的，虽然当初看上去品相不佳，但是，经过你的一番“梳洗”，这些书渐渐展露当初的容颜。双面胶无疑是个好东西，它能隐藏一本书曾经的伤痕，只要不再看见，或许，便不会再感到疼痛。

书房是年轻的，书是年轻的，你也是年轻的，因为对书的喜爱，你永远怀着一颗探索发现的心，为所发现和拥有的宝贵“财富”激动不已。

当然，书房总有一天会老去的，那时，你将寻找书房的传承者。而你现在要做的，就是撒下“读书种子”，栽下一棵绿树，并在树旁盖起一座神奇的“纸房子”。

叁 书籍的隐喻

莱奥尼亚的百科全书

在卡尔维诺笔下，莱奥尼亚这座城市最为富足，出版事业也最为兴盛。要衡量莱奥尼亚的富足程度，不必看它的生产销售量，只需去看看它所丢弃的垃圾。垃圾堆里有热水器、钢琴、瓷器餐具等崭新的弃物。

莱奥尼亚的每一天都是崭新的，以至于对这些本可循环使用的物件不屑一顾。莱奥尼亚的出版业也相当发达，每天都有大量出版物出版，甚至将前一天的出版物都挤出了书架，扔进了垃圾箱，包括装帧精美的百科全书，都一起出现在垃圾堆里。

也许你会认为，在莱奥尼亚会有成群的拾荒者，趋之若鹜地追逐着莱奥尼亚的“排泄物”，那你就错了，连莱奥尼亚的清洁工都对这些崭新而精美的物件无动于衷，他们属于莱奥尼亚，不会把莱奥尼亚前一天的产品拿回去供当天使用。莱奥尼亚的物资是如此充足，而且并不存在拾荒者，没有了拾荒者的消化与吸收，莱奥尼亚的垃圾越堆越高。

莱奥尼亚的记忆很短暂，人们只记得当天正在发生的事，没有人对莱奥尼亚过去发生过什么感兴趣。在莱奥尼亚，没有我们传统意义上的报纸，因为这种报纸只报道昨天或者更早之前的消息，而莱奥尼亚的每一天都是如此新鲜，如此富足，根本没有人在意昨天发生的事情，他们生活在当下，对过去从不留恋。

因此，莱奥尼亚的出版事业必须立足于当下，从当天凌晨零时开始，莱奥尼亚的出版工作者就忙开了，他们必须记录下当天发生的事情。

《莱奥尼亚时报》每日出版 8 次，每隔 3 个小时就有一份新的报纸出版，保证人们可以获得最新鲜的新闻，人们拿到报纸时，往往还能感受到报纸的温度。

莱奥尼亚出版社的任务也很重，城市对出版物的时效要求以及人们对出版物的需求都是如此强烈，使莱奥尼亚出版人不能坐在那里长时间研究选题。莱奥尼亚出版社全部由各类作家和批评家组成，他们分工合作，各自负责自己的板块，以活页、小册子或单行本的形式快速出版自己的作品，批评家则立即着手对这些作品做出评价，因为没有人会在第二天再回头阅读这些作品。在当天晚些时候，所有这些作品汇集在一起，在书籍装订人的手中被装订成一本厚重而精美的百科全书，里面汇集了莱奥尼亚当天的精神成品。这些装帧精美的百科全书很快进入莱奥尼亚人的书架，并在第二天新书到来之际被扔进垃圾箱。

据莱奥尼亚最后一本百科全书记载，莱奥尼亚在一次由罐头盒、轮胎、酒瓶、陈年日历、百科全书等组成的“大雪崩”中被毁灭。

在城市濒临毁灭的前一刻，敬业的书籍装订人仍旧从容地装订着最后一本百科全书。

微博时代的博尔赫斯

事实上，有两个博尔赫斯。“另一个”博尔赫斯也是这么说的。一个博尔赫斯已经出版了自己的作品全集，包括平装本、精装本，并且严谨地不再往其中添加任何一笔；而另一个博尔赫斯仍忙于写作一部规模宏大的《书籍史》，我每天都在关注着这部书的写作进展。

每天，我都要到豆瓣读书上看看，今天博尔赫斯又给大家推荐什么书啦，瞄一瞄他“想读”“在读”“读过”的书都有哪些。

当然，我也关注了博尔赫斯的微博，我经常艾特他，但是他大概被艾特烦了，很少搭理我。不过，我仍旧继续执着地艾特，我想，在这种情况下，结果无非两种：一种是对方被我的恒心打动，与我互相关注；另一种就是直接被对方“拉黑”，我从此无法关注、评论，只能围观，这种结果似乎也太悲催了。

功夫不负有心人，有一天，微博提示我有一位新粉丝，是否又是可恶的僵尸粉？当点击查看时，我震惊了，竟然是博尔赫斯！博尔赫斯终于和我互相关注了！每次上悲催的夜班时想起这件事，我都有点小激动，忍不住笑出眼泪来，然后精神百倍地继续上悲催的夜班。有了博尔赫斯的关注，我走路时总是昂着头挺着胸，逢人便想对他说：“嘿，知道吗？我和博尔赫斯互相关注啦！”

博尔赫斯的微博很对我的口味，我所关注的微博，无一例外都与书有关，虽然有的书影是被禁止上传的，但是我可以悄悄地抹掉它的书名，神不知鬼不觉地通过审查。我想，这也是博尔赫斯决定关注我的原因吧。

除了谈书，博尔赫斯有时也会发点书房里的照片。你知道，在微博上，类似“作家与书房”的微博是很受欢迎的，转发率非常高。每次，我总会冲在最前面，抢占第一个沙发。

与其他文人喜欢上传书房里“阿猫阿狗”卖萌的图片不同，博尔赫斯经常上传一些与“猛虎”亲密接触的照片。有时是西伯利亚白虎，有时是孟加拉虎，照片里老虎或用舌头舔着博尔赫斯的脸，或亲热地把爪子搁在博尔赫斯头上，引起粉丝们一阵惊呼，纷纷点赞。

令人遗憾的是，有一天，博尔赫斯突然发布了一条消息，宣布不再更新微博。博尔赫斯说，微博对阅读的影响是巨大的，虽然对他的视力没多大影响，但是已经影响到了他的写作，他决定暂时离开微博世界，全身心投入《书籍史》的写作当中，以免辜负读者和出版商的热望。

话虽如此，但你知道，老年人的心理就像孩子似的。偶尔博尔赫斯还是会突然冒出来，发一条简短的微博，或上传一张“猛虎照”，向粉丝们问好，并透露一些最新写作进展。虽然更新少了，但是博尔赫斯的粉丝数量依旧在不断增加。我想，这大概就是博尔赫斯“像数学一样简洁”的魅力吧。

门德尔图书馆

在公立书店或图书馆，你可能碰见这样的管理员，当你向他们询问某本书时，他们往往双手一摊，用一句话就把你打发了："都在书架上，没有就没有了。"

当然，有时，他们也会出手相助，绕着书架逛一圈，然后双手一摊，还是用一句话把你打发了："这本书已经没有了。"或者已经卖掉了，或者已经被借走，都非常可能。但经过自己的努力，你往往还是能在书架的某个角落找到你所要的书。

而在门德尔图书馆，你永远不会遇到这样的情况。这也是门德尔图书馆刚开业时打出的广告——"想到，你想不到的；找到，你找不到的"。在门德尔图书馆，你永远不会失望而归、空手而回。

门德尔图书馆的管理员非常热情，当你报上所需的书目时，你往往会得到更多，管理员会向你提供一份令你瞠目结舌的书目——你原以为你决定深入研究的人不大出名，资料少，容易穷尽，没想到还有这么多可供参考的著作，这实在是出乎你的意料。

有时，你甚至是抱着这样的心态前往门德尔图书馆：你信心满满地拿着一份自认为已经非常详细的书目，并认为不可能再多了，你迫切地想通过管理员来验证自己的成果。你满怀期待地等待着结果，但是不过片刻，管理员便列出了一份更为详尽的书目，包括每本书的出版者、出版年代和价格。如果你愿意等待，你还会得到更多的相关信息。

门德尔图书馆的管理员无疑是一部真正的“百科全书”，一部包罗万象的图书目录。

你在惊愕的同时也发出了疑问：“这些书都能找到吗？”你担心这些书目中有些书已经“死”了，绝版了，不再存在于书架上，或者已经化为纸浆，只是作为一个书名而存在于管理员的大脑中；甚至只是管理员为了炫耀自己的学识而杜撰出来的并不曾存在的书，这也是完全有可能的。

但管理员只是微笑着，指着墙上的那句话，告诉你：“想到，就能被找到。”

卡尔维诺的月球计划

卡尔维诺曾计划把书房搬到月球上去。

月球曾经离地球很近。在月球离地球最近的时候，只需划着小船到月球下面，架上木梯就能爬上去。

其他人到月球上去是为了采集“月乳”。而卡尔维诺的想法则是，在月球上盖一座小木屋，用来保存那些在地球上无法得到妥善保护的书籍。

卡尔维诺想把书房搬上月球，并不是因为月球离得近，想打造一个“夜晚的书斋”，恰恰相反，正因为他知道月球有一天会远去，没有了来自地球的近距离干扰，那些珍贵的书籍才能得到最大限度的保护。

不过，这个计划实行起来太难了，因为船太小了，而船上的人又太多了。书可以少带些，人力却是难以精简的。

每个月总有那么一个夜晚，卡尔维诺坐在小船中央，小心翼翼地守护着一堆书，在船长及其妻子、老QFWFQ、聋子、小希恩息的协助下，来到金礁湾，在其他人采集“月乳”的时候，卡尔维诺独自一人把书搬到月球上的那座小木屋里。

然而，月球的快速离去，终止了卡尔维诺的计划，卡尔维诺没能把那些书都搬上月球。

不管怎样，卡尔维诺毕竟在月球上留下了自己的足迹和书籍，而月球也在卡尔维诺脑袋上留下了亲密一“吻”。

在最初登月的过程中，卡尔维诺的动作还不是那么熟练，结果一头撞上了月球表面，这次经历对卡尔维诺的影响是巨大的，以致后来他的医生宣称他一生中从未见过如卡尔维诺这般“复杂精致”的大脑结构。

卡夫卡变形记

《变形记》写作于1912年11月下旬至12月上旬，卡夫卡曾打算以《儿子们》为题，将之与《判决》《司炉》结集出版，但是没有实现。

1915年，莱比锡库尔特·沃尔夫出版社出版了《变形记》单行本。卡夫卡曾为此书的封面设计致函这家出版社，要求出版社千万别把那只昆虫画到封面上。最后，封面上画的是一个孤苦的青年哭泣着走出家门。

虽然如此，我们还是固执地把卡夫卡和“甲虫”联系在一起，正如一想起济慈，我们就会想到“夜莺”。

卡夫卡在《变形记》里“残忍”地将格里高尔·萨姆沙变成了一只甲虫。毫无疑问，他并不喜欢甲虫，甚至不希望在书的封面上看到甲虫的形象。

一个人一旦变成了别的东西，是不会再受到人类世界欢迎的。这一点在故事里可以看得很清楚。但是，隐藏在故事背后的问题是，到底是谁，是什么力量，把人一点一点地变成别的东西？那些日积月累的细小变化，终于在某一天产生了质变，最终，将人变成别的东西。

卡夫卡没有注意到的是，他和所有夜间活动的事物一样，也在发生着变化。所有“夜里钻进藏书室工作，白天休息”的事物身上，都在发生着神奇的变化。没有人知道，在“夜晚的书斋”里都发生了些什么，但是，它确实发生了。

故事的开头是这样的：“一天早晨，弗朗茨·卡夫卡在写完最后一页手稿后，发现自己坐在书桌前变成了一本巨大的书。”

他想，一定是刚才打瞌睡了，否则怎么可能没有注意到发生在自己身上的变化？他已经工作了一整夜，本想去躺下休息的，但是，作为一本书，他觉得自己不能倒下。他穿得实在太厚了，黑色外套紧紧地绷在坚硬的封壳上，他想把外套脱下来，但是他做不到。

现在，他的领带已变成了一根细长的书签，柔软地垂到了地上。走路时如果不小心踩到，肯定要摔跟头的。他必须小心翼翼地左右摇晃才能挪动自己庞大的身躯。

他翻开自己，垂下头，努力向下张望，他一眼就看到了那“最初的痛苦”。而现在，更让他痛苦的是，他身上每一页的上方，竟然都画着那只昆虫。

一只飞蛾飞过来，他努力躲闪着，以免飞蛾飞进自己的身体里变成标本。他想，也许很快，他就会摆脱这一局面，这一切也许只是一个过于真实的梦。为了证实这一点，他试着挪动身躯往桌角磕了一下，一种隐隐的痛渐渐传开来。

他意识到，发生在格里高尔身上的事情，正在自己身上发生。他预感到，他的生命正面临着某种困境，如果他还活着，他当然还继续活着，那么，他将不可避免地处于一种尴尬的境地。因为，他现在变成了一本书，而一本书不可避免地要被翻阅。如果他死去，当然不会有什么问题，问题在于他还活着，这种“自我暴露”使他产生了一种强烈的“羞耻感”，这将是对一个活体的“解剖”，他无法忍受这种痛苦。

他昂起头，用力将自己夹紧，他甚至希望有一条结实的皮带，可以把自己绑紧，这样他就能避免那些尴尬的场面发生。没有他的准许，没有人能够随意翻动他。

他这么想着，同时感到一丝欣慰。因为，这也意味着，以后他可以将自己的手稿藏进身体里，而不用担心勃罗德的“抢夺”。

他唯一担心的是他的死后。当他作为一本书死去，人们将不会再顾及他的卑微的感受，他将被“掐头去尾”，按照人们的意愿做成一本更适合于书架安放的书，或者将其拆散重新装订，甚至在上面任意涂抹修改，这都是有可能的。但是，对于这可能发生的一切，他已经无力掌控了。

星期三书店

在那条街上，有一道风景特别令人难忘。

那是紧挨在一起的七家书店，每次走过这条街，我都能感受到时间的流逝。

“星期一书店”主营商务书籍，人们是那么忙碌。

“星期二书店”主营哲学书籍，人们在那里沉思。

“星期三书店”主营历史书籍，人们的脚步沉重。

“星期四书店”主营生活书籍，生活总是在别处。

“星期五书店”主营侦探小说，当然也卖放大镜。

“星期六书店”主营儿童读物，到处充满欢笑声。

“星期天书店”是家综合书店，适合休闲和娱乐。

它们各有自己的特色和颜色，从外观上看，它们就像一道彩虹。

说实话，我不喜欢红色的“星期一书店”。当然，逛书店嘛，只要是书店，哪怕卖的是纺织服装类的书籍，我也会进去逛一圈的，但是我停留的时间不会太久。我总希望星期一的时间快点过去，因此，在“星期一书店”，我也像其他人一样，加快了脚步。

在橙色的“星期二书店”，我开始放慢脚步，感受哲学带来的慰藉。“星期二书店”是温暖的，这也许和它的色调有关。“相约星期二”是“星期二书店”的口号，每个星期二，我总是如约而至。

在黄色的“星期三书店”门口，我总是要先活动活动筋骨，特别是手指和臂膀，里面的大部头书籍是那么厚重，把它们从书架上拿下来并托住它们需要勇气和毅力。书店里配有高大的衣架，在冬天搬动沉重的书籍后，你无疑需要把外套脱下来挂到衣架上；还有舒适的沙发，坐在沙发上，在相对静止的状态下感受历史的流动；当然还有扶梯，它会帮助你挑战更高处的书籍。

“星期三书店”的读者，往往会在书店里待上一整天，他们不像“星期一书店”的读者总是匆匆地闯进去快速从书架上拿走一本书或杂志翻也不翻就到收银台结账。“星期三书店”的读者脚步沉重，他们总是缓慢地移动，从一本书到相邻的另一本，往往需要很长的时间。他们读得很慢，也不急于买书，有时甚至把一本书读完才会把书买回家。

在“星期三书店”与“星期四书店”之间行走，耳边总会响起女诗人米蕾的那句诗——“假如我星期三爱过你，那对你会有什么意义？星期四我不再爱你，这同样是千真万确的事。”

在“星期四书店”，你会找到那些书，它们将帮助你解决生活中碰到或即将碰到的问题。书架按人生中的各个阶段进行分类，从未成年人的各个成长阶段到成年人的婚恋、家庭、孕育、疾病、养生，可以说，从生到死，都可以在这里得到解答。

在这里，人们可以各取所需，根据分类，走向自己的区域。生活在别处，生活中总是充满各种各样的问题，促使你再一次走进“星期四书店”。

每当你厌烦了生活中的琐碎与繁杂，你就会走进“星期五书店”，感受致密的推理和紧张的节奏，在这里，每个人都神秘兮兮的，仿佛都是带着放大镜的福尔摩斯，不放过每一个蛛丝马迹。在这里，一切事物都是有关联的，所有的行为都有其动机。人们走进“星期五书店”的前后，就是两种完全不同的状态，他们特别喜欢这种感觉，人们喜欢“星期五书店”，就像人们从不讨厌宜人的周末。

“星期六书店”是亲子活动的好去处，当然你也可以把孩子寄存在书店里，然后钻进星期五、星期四、星期三、星期二……但你大概不会想要回到星期一，因为它很快就会到来，你甚至希望它能放慢自己的脚步。

“星期天书店”可以说是六家书店的缩影，其他书店有的类别，在这里都有，只是不像其他书店那么深入。人们从星期一走到星期天，确实需要有这么一家书店，来进行一个总结与回顾，好让星期一到来时，不至于那么陌生。

这七家书店，仿佛遵循造物主的旨意，和谐地共存着。它们坐落在那里，就像一道美丽的彩虹。这些书店永远不会消失，因为人们绝对不想失去一星期里的任何一天。

“这七家书店，你最喜欢哪一家？”我想，我的答案会是“星期三书店”。不论时间的脚步如何匆忙，到头来，我们都将放缓自己的脚步，回到“星期三书店”。在那里，我们打开历史，或者成为历史。

2666 专卖店

在 2666 专卖店，你可以买到与 2666 相关的产品。印有“2666”字样或波拉尼奥头像的 T 恤、笔记本、手提袋、杯子、桌布、装饰画、打火机、手机挂饰、头巾、塑像、手稿复印件……凡是你想到的、想不到的，都在这里。

店门口停着一部车牌尾号为“2666”的车子，店里的联系电话尾数也是“2666”，让你惊异于这一切是如何同时集中在同一个地方？

在 2666 专卖店，你可以看到《2666》的各种版本，但是只能看，你无法翻阅它们，因为它们全都被挂在衣架上，悬于空中。

这倒是给了你启发，你完全可以把书挂在衣架上，然后，让它们逐渐占据你的衣橱、墙壁、阳台、院子，那些原本不属于它们的空间。这样，它们或许会比在书架上呈现出更多的姿态。

毫无疑问，一本书如果永远停留在书架上，它永远学不到其他东西。然而作为一本书，往往被隔绝于世，被集中控制在某个范围内，没有阳光，没有风雨，没有新鲜空气，只有不断循环的尘埃，在落定之后再度被扬起。

在 2666 专卖店，你可以在那本封面标有“几何学遗嘱”的笔记本上，以图形或文字的方式，留下自己的印记。

在 2666 专卖店，你不会停留太久，它总是催促着你离去，出发，去别的地方，而不是在书页间游走。

神奇的“语法树”

伯利在《书之爱》第十二章专门论述了“语法书之重要”。

“给我一套语法，我将搬动整个世界。”桃先生这么说过。事实上，那些爬上“语法树”的人，最终都搬动了这个世界。

为什么要攀爬“语法树”？在“语法树”下，有一块牌子，上面用四平八稳的字体写着“禁止攀爬语法树”。这倒不是出于对“语法树”的保护，而是因为攀爬“语法树”是被明令禁止的一种行为。

为了禁止人们攀爬“语法树”，语法局特别颁布了《语法执行标准》，并出版了《语法报》，指导人们根据《语法报》上的范例来行文。

《语法报》无疑是世界上最沉重的出版物。一份《语法报》厚达 10 厘米，重达 10 公斤，人们将阅读《语法报》视为一项苦役。

人们将《语法报》置于桌面，但是，翻动它的每一页颇费力气，它实在太大了，以致翻动它时会遇到很大的空气阻力。人们逐渐发现，《语法报》上的语法其实是死的，它的每一页都是那么沉重。

人们将目光投向四季常青的“语法树”，它的每一叶都是那么轻盈，像一艘小船浮在平静的水面上，你甚至可以躺在树叶上，仿佛你也随之变得轻逸。但前提是，你得有足够的勇气，冲破禁令，去攀爬它。

《语法报》每年都会举办“语法竞赛”，只有严格遵循《语法执行标准》的人才能够获得第一名。有一年，语法局的人突发奇想，将获奖作品大张旗鼓地印刷在语法局的专机上，结果导致飞机在起飞时坠毁。后来，语法局更改了语法竞赛规则，规定比赛在高空热气球上进行，最先用自己的作品使热气球回到地面的获胜。

然而，总有些人怀着对“语法树”的憧憬，不顾一切爬上“语法树”，他们越往上爬越觉得身轻如燕，在高处，每一片叶子上都布满了神奇的语法，他们用这种语法在纸上写字，他们甚至比赛，看谁的纸飞机飞得高、飞得远。

“语法树”不断向上生长着，说不清有没有人到达过最高处，但可以肯定的是，地面上的人们常常会看见，天空中一片片巨大树叶在飞行，仿佛一条条飞毯。

如何复制一本书

假如你要复印一本书，你需要把书摊平在复印机上，将盖子盖上，但这样一页页复印难免对原书造成一定的损伤。那么，如何复制一本书而不至于对原书造成伤害?

据《剪影术大全》记载，有两种方法，可快速获得一本书的复制品，而且对原书没有丝毫损伤。

一种是把书拿到太阳底下，在适当的角度，你将得到一个完美的书影，接着拿出你的“剪影刀”，将书影从书籍底部裁下，然后，将书影置于书房，吸取油墨书香，一周后书影渐渐成形，成为该书的“阳本”。“阳本”适合在寒冬时节阅读，阅之犹如沐浴在阳光之中，手感温和，书香中带有一股阳光的味道。

另一种是把书置于月光之下，方法同上，所得为“阴本”。“阴本”适合在盛夏时节阅读，为消夏极品，手感冰凉，书香中带有一股月光的冷艳气息。

不过，必须注意的是，“阳本”与“阴本”之间会有细微的差异，同时请注意，切勿将“阳本”与“阴本”放在一起对照阅读，这将对书造成极大的伤害，所产生的化学反应对人体亦有害。

至于原书，请不要在短时间内频繁使用剪影术，因为书影的成长需要一个过程。一本书的书影被裁剪后，需要在晴天将原书拿到阳光下或月光下晾晒。大约一个星期后，书影便可长出，三个星期后，书影就长得相当可观了。一个月之后，如果需要，你就可以施行第二次剪影术，获得第二本复制品。在这期间，要注意天气的变化，如遇雨天，一定要确保原书待在干燥的书架上，而非露天衣架上或晒衣服的绳子上。

当然，这一切的关键还在于，你必须有一把“剪影刀”。

听伊索讲故事

一有空我就去造船厂听伊索讲故事。

我不明白，为什么伊索那么喜欢待在造船厂里。造船的工匠从未出过海，他们能给伊索带来什么呢？有一次，我走进造船厂时，伊索正哈哈大笑，他大概刚讲完一个什么笑话，工匠们则各个脸色铁青。

在伊索所讲的故事里，我最喜欢《鹰和屎壳郎》，这也许不是伊索最出色的故事，但却是伊索最喜欢演绎的故事。

在讲述这个故事时，伊索时而装作老鹰，追赶着兔子；时而扮演兔子，向屎壳郎求救；时而又化作屎壳郎，恳求老鹰不要抓走兔子。但老鹰还是当着屎壳郎的面，把兔子吃掉了。

故事最精彩的部分在宙斯出现之后，当屎壳郎滚着粪球，将粪球扔进宙斯的衣兜里，伊索瞬间从卑微的屎壳郎化身为伟大的宙斯，只见他猛地站起来，将粪球抖到听故事的人身上，引起一阵惊呼。我不明白，他的粪球是从哪里变出来的，难道他一直随身带着粪球？

伊索本人也很喜欢这个故事，有时在观众要求下，还会连演好几场。观众们无疑都想亲身体验一下被粪球击中的感觉，这实在是太刺激了。

除了讲故事之外，大部分时间伊索是沉默寡言的。也许是为了听伊索讲故事，造船的工匠经常嘲笑伊索，激他回话。这办法还真管用，伊索经常在受到激励之后，即兴创作出全新的寓言故事。伊索似乎具有一种天赋，可以随心所欲地将枯燥乏味的现实生活转换为生动有趣的艺术作品。

可以说，伊索要么沉默不语，要么就以寓言的方式与人们对话。渐渐地，他所说的每一句话，似乎都带有某种寓意。当然，有时伊索也会讲一些“低趣味”“无意义”的故事，这无疑也是伊索生活的一部分，毕竟他是一个活生生的人，而不是一本经过伊索时代书刊检查官删改的书籍。

被误读的圣旨

那是在万里长城建造时期，有一天，一个草民接到一道圣旨，是皇帝在弥留之际向他发出的，也是他一直在热切盼望的，来自都城的消息。

为了迎接这个消息，他已经坐在窗边等待了整整三年。帝国是如此庞大，以致使者带着皇帝的遗旨，整整走了三年才来到他的窗边。

在使者宣读完圣旨后，草民起身准备出发，却被使者拦住了去路。

草民问使者："这是为何？"

使者说："我不明白你为什么要这么做。"

草民很奇怪："我只是遵照圣旨之意，准备出发。"

使者说："你所听到的看到的圣旨，并不是我所传的这道，你曲解了圣旨，作为传旨人，我必须阻止你做出有悖于圣旨的事。"

草民从此陷入对圣旨的解读中。他由使者看守着，日夜目不转睛地盯着圣旨看，但圣旨确实是他所理解的样子，他不知道哪里出了错。

一度，他曾认为使者故意给他制造难题，好从他身上捞取些好处，或者皇帝特意在圣旨之外加了一道口谕，以便对领旨人加以考验。但是，后来这些猜测一一被否定了。当他冷静下来面对这一切，他忽然从字里行间发现了些许细微的差异，这是以往被他忽略的东西，他太过于期待，竟没有注意到这个细微的差别。

现在，他终于承认，圣旨所说的，与他所理解的，完全是两回事。又或者传旨人也误读了圣旨，并通过手中的权力指引他走向误读？但是，经过这一磨难，他对一切已经不敢那么确定，他继续盯着圣旨看。也许再过一些时日，他眼中的圣旨又将是另外一番解读。

乡下人与敞开的门

在法的门前，有位守门人，他看守着一扇据说专为每个人而开的门，但是乡下人至死也没能进入这扇门。

临死前，乡下人将记载着自己多年来所有经验和疑问的小册子交给守门人，希望他能代为转达，虽然他进不了这扇门，但他希望守门人能将他的声音带进去，他甚至希望自己的经验会对其他人有益。

守门人虽然收下这本小册子，但只是为了让乡下人在临死前不至于认为自己还疏忽了什么，他该做的都已经做了，甚至很有可能在他死后还能起到某些作用。

乡下人死后，守门人把小册子扔到一边，他正忙着撰写一部汇集了其一生所有经验和经历的书，他这辈子见过各种各样的人，他们都想绕过他或通过他进入这扇门，到达法的腹地，这当中发生了多少有趣的故事啊，他必须写下来。

守门人的书——《我在法院看大门》，很快就出版了（这对于守门人来说太容易了，他几乎是一个“名人”，而且就像画家说的“所有的人都是法院的”，或者说都和法院有着某种联系，只要动用一点关系，没有什么办不到的事情）。这本书引起了“轰动”，读者排着长龙购买这本书，其中很多人都和那个可怜的乡下人一样，终其一生都在探索着这扇法律之门，他们急切地想知道，守门人在这扇门前的种种故事，以及他的喜好，以便更好地和守门人打好关系。

许多年以后，终于有人注意到角落里有这么一本小册子，上面写满了乡下人在黑暗中对法律永恒之光的追寻，写满了对法律之门的探究与疑问，写满了对这扇门以及守门人的观察与速写，他甚至对守门人皮大衣领子上的跳蚤也做了速写。

乡下人的书——《敞开的门》，历尽艰难，终于得以出版。在这本小册子的扉页上，写着这样一段话：“在法的门前，有位守门人，他看守着一扇据说专为每个人而开的门，但是乡下人至死也没能进入这扇门。”

迷宫制造者

要造一个迷宫。

前来应征的设计者首先被要求在纸上画出初步设计图，由雇主做出挑选。设计者们很快提供了各自的方案，力求让雇主以最长的时间通过自己设计的迷宫。

入围的设计者接着被要求用书墙作为隔断，设计出最大容量的书墙。设计者这才明白，自己接手的项目其实是一个“书的迷宫”，而雇主则是一位大名鼎鼎的书痴。

迷宫很快进入建造阶段。据说在装修后期，施工进度一度停滞，施工队不得不停下来援救迷路的工人。雇主对此非常满意。

迷宫造好了。雇主没有雇佣搬运工，他必须亲自将书上架，以便掌握对迷宫的主导权。他花了半年时间来完成这项工作。现在，“书的迷宫”已经彻底完工。

对于书痴来说，最大的乐趣无疑是进入“书的迷宫”。他必须不断进入，以便克服记忆的逐渐衰退，但不得不承认，记忆的逐渐模糊又会反过来增强迷宫的趣味性。

每次有客人提出要进入迷宫，书痴的脸上都会露出令人难以捉摸的微笑，然后对客人礼貌地说：“你确定？跟紧我。”

行进的路上，假如客人一不小心情不自禁地说出那句书痴最不愿听到的话——“这么多书你都看了吗？”那么，在下一个拐角，这位客人很有可能会迷失方向。这是迷宫制造者对冒犯者的温柔惩罚。

卡尔维诺的“文学机器”

在卡尔维诺纪念馆，卡尔维诺的“文学机器”至今仍在运转。卡尔维诺的“新书”也将源源不断地出版，对于全世界的卡尔维诺迷来说，无疑是一大福音。

1980 年，卡尔维诺的新书《文学机器》出版后，读者开始注意到这台“文学机器”的存在。在那篇同名文章中，读者了解到，从卡尔维诺 20 岁立志成为一名作家开始，他一生的工作便是将与时代休戚相关的科学、哲学、政治学的“零件”置入这台“文学机器”，不断地磨合，不断地调试，不断地将转瞬即逝的灵感变成可触可摸的成品，将原始材料加工成权威文本。

神奇的是，卡尔维诺去世后，这台“文学机器”并没有停止运转，卡尔维诺文学遗产负责人小心翼翼地呵护着这台机器，就像卡尔维诺在世时所做的那样，定期维护、保养，并按时将每日具有代表性的资讯输入其中，然后安静地等待着一篇篇具有卡尔维诺独特风格的作品诞生。几乎每个读过这些文章的人都认为，卡尔维诺仍然活着，这些新作就是证明。

尽管卡尔维诺仍然与时俱进地出版着新书，创造着文学史上的奇迹，但是诺贝尔文学奖评审委员会仍然固执地不愿把奖项颁发给一位对他们来说已经死去的作家，更别说是一台“文学机器”了。

波拉尼奥与“未知大学”

波拉尼奥，“未知大学”（Unknown University）创建者。

“未知大学”面向全世界敞开，其“录取通知书”随波拉尼奥同名作品《未知大学》同步寄出，但由于种种原因，最终入学的学生并不多。

很多读者非常遗憾地表示，由于《未知大学》这块大砖头买来至今没有开封，以致错过了当年的入学机会。还有读者对这种寄送方式表示了强烈的不满，谁能想到书里还藏着一份“录取通知书”？

这大概是“未知大学”创建者波拉尼奥和大家开的一个玩笑，当人们对未知事物不再具有强烈的好奇心，理所当然会错过很多东西。这就是“未知”与“已知”的对抗。

在一篇访谈中，波拉尼奥提及创建“未知大学”的初衷。波拉尼奥表示，“未知大学”这个概念并不是他自己的首创，在以往的文学作品中就可以找到，“未知大学”是一个充满神秘的所在，没有人知道它在哪里，教授怎样的课程，一切都是“未知”。因此，他决定将“未知大学”变成现实，使其成为“未知大学殿堂”中的一座。

据相关资料，“未知大学”主要开设了“美洲纳粹文学”“西中比较文学研究”“诗歌气化理论研究”“阅读与死亡研究”，以及“波拉尼奥小说几何学”“波拉尼奥诗歌研究”“波拉尼奥插画研究”等相关研究课程；并设立有“潘先生文学奖”，用于奖励勇于探索未知文学世界的写作者；还成立了“未知大学出版社”，致力于波拉尼奥作品在世界范围内的出版与传播。

在“未知大学”所拍摄的宣传短片里，你会看到，就连图书馆也有一个独特的名字——“地狱阅览室”。当镜头扫过“浪漫主义狗”诗社，如果你点击暂停，就能清楚看到墙上的那句话：“写诗是任何一个人在这个被上帝遗弃的世界上能做到的最美好的事情。”

尼采的翅膀

“翻开这本书以后，可怕的事情发生了。我的背上长出了一对翅膀。而现在，我再也不愿回到地面上！”连续半个月，树上的尼采都沉浸在叔本华的书中，像着了魔一般。

他强烈地体验到意志的力量，他逐渐习惯使用意志力去控制那对翅膀。谢天谢地，双手终于解放出来，可以专注于捧书，而不需要兼顾其他。他感到自己受到某种幽灵的召唤，他无法停止阅读这本书，生怕翅膀从此消失。他在梦境中曾经无数次体验过飞行，梦中那种缓慢升腾与下降的快感，令人感到一种幸福，遗憾的是，梦醒后，一切都显得那么模糊，令人沮丧。

“梦和书构成各自的世界！”尼采忽然想起一句话。是的，梦的世界和书的世界都是他所迷恋的，两个世界的界限是如此明确。要想进入梦的世界，就得离开书的世界；要想进入书的世界，就得拒绝来自梦境及梦中人的诱惑。而现在，这对翅膀的出现强有力地打破了这一界限！瞧，他同时出现在现实、梦境与书的国度！

“书籍是一个充实的世界，纯洁而精良。”尼采发自内心地感谢书籍所带来的这一切。现在，就像诗人说的，他自由得像小鸟，随处可以栖身。他要猛烈地扇动这对翅膀，刮起一阵狂风，飞速掠过忙碌众生的头顶，引起一阵惊呼，逼迫人们抬头仰望，异口同声地喊道：“瞧！这个人！”

疯狂炼书术

炼书术士通常在午夜过后开始他神秘的工作。

午夜过后，孤独的炼书房里灯火通明，一位疯狂的炼书术士正汗流浃背地忙碌着。白天，炼书术士过着普通人的生活，只有在午夜过后，他才能恢复自己的真实身份。在这段最为纯净的时间里，将书中最纯净的精华提炼出来，装入瓶中，贴上标签。

这些神秘而精致的玻璃瓶究竟具有怎样的功效，他没有一一去验证。仅有一次，他将一个装有《审判》精华的瓶子送给了一个年轻人。后来，这个年轻人成了一名律师。但这两者之间是否存在某种关联，他并无法确定。

他所做的这一切，只是为了更好地占有那些书，满足自己强烈的占有欲，而非与这个世界分享。是的，他可以拥抱一本书，将书籍堆满整个屋子，与书同眠，为书疯狂，然而这一切都还不够紧密。他必须完全占有书的精魂，让它们在自己的血液中流动。

他的第一件作品标签上写着：“《香水》，聚斯金德。”这件作品开启了他疯狂炼书的旅程。正如他的精神导师格雷诺耶所说：“必须占有这迷人的精魂，我们才能得到内心的平静，否则这辈子就白活了。”

现代西西弗斯

神话总有其现代版。

现代西西弗斯受到某种神力的驱使，将一座书山从一个地方搬到另一个地方。每当他完成一次迁移，将书山重新堆叠起来时，他都惊讶地发现，眼前这座书山已经比原来那座增大了不止一倍。他没有多少停歇的工夫，大地从未停止过颤动，为了防止书山的崩塌，他必须开始新的征程，将它一点点地搬到下一个坐标……

神话的核心仍旧是惩罚，一种既无用又无望的劳动。但惩罚的方式出现了变化，现代西西弗斯推动的不再是一块巨石，而是一座由书组成的大山。同时，这座书山还在不断变大。可以想象，现代西西弗斯面对书山时的痛苦与绝望。他早已明白，这座书山将永无止境地生长下去。

当然，现代西西弗斯也有属于他自己的喜悦。那是他站在山顶上，为能欣赏巅峰上的美妙风景感到幸福，虽然幸福总是那么短暂。他的一生，就是将书籍不断聚集、堆叠、移动的过程。有时，他觉得自己似乎变成了一个沙漏，连接着两端的细沙，在永恒的时间里，看着它们从一端轻盈地滑向另一端。

扎伊朵拉的故事

在看不见的城市里，我看到这样一座城市，它并不在马可的叙述范围，而存在于字里行间。

在扎伊朵拉，人们从事各种职业，不同的是，人们在从事一种职业之前完全是空白的，没有相关经验，也不具备专业知识。但是，没有关系，你会看到，他们在毫无准备的情况下，就给自己贴上了标签。

从未写过诗的人，给自己贴上了“诗人”的标签，从那一刻起，一切就逐渐有了变化。他开始看上去像一位诗人了，不到一个月，他已经参加诗歌朗诵会，可以毫不费力地即兴创作，不到一年，他出版了第一部诗集，成了名副其实的诗人。

在扎伊朵拉，同样也有粉刷匠。你也许闹不明白，怎么会有人给自己贴上“粉刷匠”的标签？他完全可以给自己贴上更好的标签，比如“画家”……但是，他偏偏就选择了“粉刷匠”。不过，无须我们操心，因为世界上任何一个行当，都需要有人去做，哪怕再苦再累。你会看到，他真的成了一名粉刷匠，从一开始涂鸦式的粉刷，到最后完全上手，甚至被亲切地称为“粉刷界巨匠”，可见人们对他的肯定。

当然，一个人也完全可以给自己贴上“国王”的标签，请注意，这是立马生效的标签。很快，这位新“国王”竞争者就遭到现任国王的通缉，为了捍卫王权，这是毫无疑问的。现任国王是个光头，自从他第一个给自己贴上“国王”的标签并顺利成为国王后，他就开始不断受到新的挑战，为此，他所有的头发都掉光了。

柯南·道尔的荒岛生涯

大名鼎鼎的侦探小说家柯南·道尔，曾是一名医生，他和朋友一起合开过诊所，客串过侦探，还成功破获了几起案子。鲜为人知的是，曾有一个时期，柯南·道尔接受了一项挑战：在一座荒岛上独自生活一年。

独居一年，算不上什么，一年时间很快就会过去。而且，他曾在一艘捕鲸船上当过医生，荒岛对他来说也算不上什么。况且，契诃夫在《打赌》中将这种“囚徒”生活描述得如此精彩动人，他决定接受这一挑战。

挑战规则中对随行物品做了要求。在书籍方面，要求挑战者最多只能带一套书。柯南·道尔几乎没有犹豫，就从书架上取下了吉本的六卷本《罗马帝国衰亡史》，以及一本地图册和一个笔记本。显然，用罗马帝国千年史来对抗荒岛上的一年光阴，再合适不过了。

荒岛生涯开始了。面对新的环境，一开始总是有些令人激动，他绕着荒岛游览，像国王一样巡视着自己的领地。几天过后，他厌倦了这种巡视，回到小木屋，开始专心阅读。他给自己制定了严格的阅读计划，以便在这一年内能够完整观照罗马帝国1300年的历史过程。

现在，他感到他的时间就如同天空一样澄净，没有丝毫杂质，不受丝毫干扰，他可以心无旁骛地沉浸在这与世隔绝的精神世界。每当书页开启，他就仿佛飘浮在空中，观看着地面上的一次次交战和一幕幕冲突，见证着罗马王朝的兴衰。

当然，他也开始感到寂寞。他怀念自己的屋子，自己的书房和书架上的书，有不少书是他当年饿着肚子买下的。每当合上书页，他就会闭上双眼，穿过那扇魔法之门，回到熟悉的书房，让指尖在书脊间轻轻扫过。

后来，柯南·道尔在《荒岛回忆录》中这样写道："虽然身在荒岛，但通过想象和记忆，我仍畅读着家里的藏书。比起整个书架上那些你想起来才会翻的书，你的脑袋里实际记住的诗才更有价值。"

伯利对话录

提起理查德·德·伯利，人们首先会想到那本“爱书人的圣经”——《书之爱》，此外，就是为数不多的几种伯利传记。最近，一份记录着伯利对话的手稿被发现，记录者是伯利的助手瑞德·布朗，这部对话录为读者更好地了解伯利提供了生动的资料。

众所周知，伯利是一个嗜书如命的人，他每天都要抽出时间读书，有时没空自己读，他就会请助手来为他朗读，在这个过程中，他经常会打断朗读者，停下来和对方讨论书中的某些观点，从中得到自己读书时所缺少的一种乐趣。这份手稿正是这些对话的忠实记录。

关于对话记录者瑞德·布朗的资料也不多，不过可以肯定的是，能够被伯利选中作为他的助手兼朗读者，一定有其自身的优势。伯利是一个好学而严谨的人，他对朗读者的要求自然也是严格的，他的朗读者必须是精通文法的人，并且能够对所读的内容有自己独特的见解，可以随时停下来与之进行一番探讨，令双方都有所获益。

作为朗读者，布朗的首要任务是满足“耳朵”的需求，同时，他还必须察言观色，这是他作为伯利助手在工作中养成的一个习惯。他在声情并茂进行朗读的同时，也会观察伯利的表情，以便及时“刹车”。有时，他们会停下来讨论一个较为陌生的词汇，伯利很注重词汇，他认为，词汇知识的欠缺会阻碍读者对内容的理解；有时，他们会停下来研究一些术语，由于年代久远，这些术语的意义也开始变得模糊。

从双方对话的内容来看，布朗也是一位学识广博的人，在长期为伯利朗读与互相交流的过程中，更是从中学到了许多知识。虽然这种交流偶尔也是针锋相对的，但总的来说，是令人愉快的。布朗还有一个习惯，就是在工作之余记录下每次与伯利的对话内容，对于一位助手来说，这是一种本职工作的延伸，他几乎能完整回忆并记录下每一次对话的内容。不过，布朗并不曾向伯利提及此事，他只是将之视为一种“私人日记”来完成，并将之作为自己的秘密珍藏。

轻盈的小册子

那是一个多么美好的年代！

无数小册子展开翅膀在天空中轻盈地飞翔，那时，令作家们引以为豪的不是自己的著作有多么厚重，而是其思维有多么迅捷，能够迅速地对某种观点做出反驳，并且以小册子的形式予以呈现。同时，那些风格独特、耐人寻味的短篇佳构，也纷纷以单行本的独立面貌展现自己的魅力，有的甚至只有短短几页。

据说，有一位作家出版了在当时来说最薄的小册子，为了表达这种成就感与幸福感，他兴奋地把小册子折成纸飞机，从窗口飞了出去。这大概是最早的“神奇飞书”。人们甚至发明出一种竞赛游戏——比赛谁的小册子飞得远、飞得高、飞得久。可见小册子给当时的人们带来了多少乐趣。

小册子是如此轻盈，以致打开它的读者也会立刻感受到一种轻松与惬意。确实如此，哪怕再厚的大部头，当你翻开它，也只不过是在其中某一页的字里行间艰难跋涉，每次能够行进的距离是那么有限，有时甚至在途中就陷入了困顿与麻木，双腿不听使唤，而道路依然是如此漫长。

有的人甚至对小册子着了迷，终日沉迷其中，四处打探有没有新出版的小册子，那种刚出炉还冒着热气的小册子，味道是如此诱人。每当作家们的作品显得沉重，便会招致他们的反抗："体型如此臃肿，还有一点小册子的模样吗？""这简直就是块砖！"这些抗议的声音，迫使作家们以最精炼的语言进行表达。

如今的作家们，在巨厚的《世界出版百科全书》里看到关于"小册子"的史料，仍旧会感到一种神奇与不可思议。卡尔维诺说，一篇中短篇小说就是一匹马。那么，一本小册子就是一支箭。它们都是思维速度的象征，但是，一支箭无疑比一匹马的速度更快。

利希滕贝格的裤子

有一位初出茅庐的诗人，历尽艰辛终于出版了自己的第一部诗集，然而鲜有人问津，他去向利希滕贝格请教，应该如何推广一本书。

面对这个问题，利希滕贝格没有立刻回答，他正埋头翻看那本书，以便确定这本书的价值。当他看完这本书，他笑着对年轻人说："到目前为止，你已经拥有了六个读者，对此，你应该感到满足。"

"六个？"年轻人有些疑惑地看着他。"是的，能把一本书看完的人，有作者、排字工人、校对员、书刊检查员，也许还有书评作者，要是他愿意的话。现在，还有一个我。"他向年轻人解释道。

但是，年轻人的问题仍旧没有得到解答，究竟该如何推广一本书？或者，能否请利希滕贝格为这部诗集写一篇热情洋溢的书评？"我的天，千万别让我写评论书的文章！"利希滕贝格当场拒绝。年轻人非常失望。

利希滕贝格并不愿意为新书做宣传，他甚至对自己作品的出版都毫不上心，他的作品一直锁在他的抽屉里，他更关注的是时政，是如何多些独立思考，是手握笔杆成功攻克一个个“堡垒”时的快感。但是，出于这部诗集所流露出的可贵的自由主义思想，他表示，愿意为这本书吆喝一声。

听到利希滕贝格的答复，年轻人喜出望外。要知道，利希滕贝格在圈子里是很有影响力的，能够得到他的推荐，再好不过了，这比一篇书评还要有力。

没过多久，利希滕贝格便履行了自己的承诺。在一次聚会中，他向朋友们推荐了那部诗集，只用了一句话：“谁有两条裤子，卖掉一条来买这本书！”

这句轻松幽默的推荐语，很快就起了作用。试问，谁没有两条裤子呢？当然，只有一条裤子的人，是不会去买这本书的。

卡夫卡的思想罐头

众所周知，世界上第一种“罐头”，是达尔文笔下的“活罐头”。

1835 年，26 岁的达尔文随“贝格尔号”在加拉帕戈斯群岛待了一个月。正是在这里，“进化论”思想开始萌芽。

长期以来，水手们只能以干巴巴的饼干、腌制的咸肉为食，因此很多水手都得了坏血病。直到有一天，水手们在岛上看到数量繁多、体型庞大、行动缓慢的加拉帕戈斯象龟，这一局面才得以扭转。

这种象龟可以不吃不喝长达一年多（简直就是最完美的“饥饿艺术家”），水手们把它们搬上船，当成“活罐头”储存起来，存放方式也很简单，只要把它们翻个底朝天即可。

“我们完全依靠象龟来获取肉食，把它的腹甲在火上烤一烤……连着肉一块，味道很不错；幼龟可以熬成美味的龟汤。”达尔文这样写道。

受达尔文“活罐头”的启发，在 21 世纪，人们开发出了各种各样的“思想罐头”。第一个爆款是“卡夫卡的思想罐头”。在产品上市前，供应商就做足了“饥饿营销”，等到产品正式上市，人们纷纷排队争相购买这款新产品。

在指定专卖店，卡夫卡的巨幅照片十分醒目，他头戴一顶宽边的黑色帽子，身着黑色礼服，双臂交叉，目视前方，炯炯有神。广告商选择这张照片主要考虑到这款产品的特性，他们认为，卡夫卡的脑袋应该受到帽子的有效保护。这样，可以令消费者感到，他们所购买的“思想罐头”，其原料来源一直受到非常好的保护。

而在卡夫卡左臂前方的空白处，则是世界上第一罐“思想罐头”，罐身有一只非常醒目的甲虫，和那些加拉帕戈斯象龟一样，这只巨大的甲虫也是底朝天。据说一开始甲虫处于爬行状，但设计师认为一只四脚朝天的甲虫更能体现“思想罐头”的特色，也与达尔文的“活罐头”形成一种呼应。生产商对此设计表示满意。

宣传海报上用醒目的字体印着一行大字——“犹太鬼才的思想罐头”。同时，这罐“思想罐头”还是“饥饿艺术家”大赛全球选拔赛官方指定食品。首届“饥饿艺术家”大赛冠军被聘为“思想罐头”的代言人。在反复播放的电视广告中，这位身穿黑色紧身衣、脸色异常苍白、全身瘦骨嶙峋的冠军，吃力地捧着一罐“思想罐头”，试图用他细小的声音向观众们表示，他终于找到了适合自己胃口的食物。

虽然观众们听不清他到底说了些什么，但是，连世界上胃口最挑剔的“饥饿艺术家”都为这款产品代言了，难道还不够吗？

克尔凯郭尔的“隐喻机器”

众所周知，克尔凯郭尔拥有一台“隐喻机器”，不论他想对读者说什么，他都会先将他想表达的内容输入机器，接着，这台机器就会输出一幅与内容相应的画，他再根据这幅画为读者讲述一个简短而精炼的故事。这些故事往往蕴涵着丰富的哲理，寓意深刻，生动形象，令人终生难忘。

克尔凯郭尔对这台“隐喻机器”的迷恋与依赖简直到了疯狂的程度。为了能够随时使用这台机器，克尔凯郭尔请人对机器进行了改造，以便这台机器可以跟着他自由移动，为观众们进行即兴表演。如果所在场合不允许他使用这台机器，那么，他宁愿什么话也不说。

克尔凯郭尔的“隐喻机器”，往往以大家最熟悉的日常生活场景为作画背景，让观众轻松置身其中。经由这台“隐喻机器”，克尔凯郭尔创造出了许多经典的寓言故事。

对克尔凯郭尔来说，这台机器无异于一种论辩的武器，它可以帮助他轻易地解除对手的武装；它又像是魔术师在舞台上必不可少的道具，让观众身临其境体验到其中的神奇，通过亲身参与获得更加深刻的启示。

有一次，剧院里有观众向克尔凯郭尔提问：“请问，那些试图对当前时代发出警示的人会有何种遭遇？”克尔凯郭尔笑了笑，转身走向机器。不一会儿，他从机器里拿出一幅画，看了一眼，随即转身走向后台。观众们面面相觑。

突然，从后台跑来一个小丑，手舞足蹈地大声呼喊：“后台着火了！大家快跑啊！”但是没有一个人认为是真的，观众们觉得小丑只是来救场的，显然是克尔凯郭尔回答不出问题跑掉了。小丑喊得越卖力，观众们的掌声越热烈，大家都认为这是节目的一部分，而没有人去关心后台是否真的着火了。见状，小丑无奈地摇摇头，返回了后台。

终于，克尔凯郭尔又回到舞台上。他向观众展示手中那幅画，同时宣布：“这幅画叫作《末日的欢呼》，这就是我的答案。世界的末日将在所有聪明人的一致欢呼之中到来——他们相信那不过是一个玩笑。”话音刚落，观众们如梦初醒，剧院里响起阵阵掌声。

伯吉斯果酱

在一家面包店的柜台上，摆放着各种各样的果酱，有橙味的，有草莓味的，有巧克力味的，也有炼乳原味的，这些果酱是切片面包的最佳伴侣，孩子们都爱它们。伯吉斯对橙味果酱情有独钟，毕竟，它带有一个“橙”字，一看到这个字，他就会想起他所偏爱的那部作品。

回家的路上，迎面而来的都是广告，它们不断循环播放着，想强制在人们的头脑中留下印象，以便人们在需要同类产品时，不约而同地想起某句广告词，并自发地认为这是该类产品中的佼佼者，否则自己的印象怎么会如此深刻？走进电梯，四面都被广告包围了，汽车广告、贷款广告、整形广告……无奇不有，纷纷趁人不备钻进人们的脑子里，躲进偏僻角落。

回到家中，坐在沙发上，伯吉斯没有立刻打开电视，他知道，电视上的情况也不会比现实中好多少，同样是不停地播放广告，所有的精彩节目都会在间歇插播广告。

伯吉斯在盘子里铺开两片面包，拿出刚买的果酱，准备在面包片上画一张笑脸，然后吃掉它，就像往常一样。但是，这一次，他却鬼使神差地打开了给孩子们买的巧克力果酱，在面包片上画了一只眼睛，一只带有齿轮状睫毛的眼睛，他盯着这只眼睛看，仿佛看到了阿历克斯，看到了一只带发条的橙子……

忽然，伯吉斯的脑海中闪过一个念头，他打算投资生产一款果酱，这款果酱不是一般的果酱，它具有特殊功效，能够帮助人们免于被广告等信息“洗脑”，保护每个人的自由意志，维护人们在事物面前的选择权，不再仅仅依据头脑中潜藏的某种奇怪的声音而轻率地做出某种决定。

他为这个想法感到激动，走进厨房，打开橱柜，拿出一个瓶子，里面封存着那部他偏爱却又不愿再看到的作品。也许是封存时间过久，那部作品已完全液化，闻起来就像一种橙味的果酱，但它的配方与普通的果酱完全不同，这是一款“发条橙果酱”。他用汤匙挖了一勺，尝了一口，立刻感到神清气爽，耳边的嘈杂声瞬间消失了。现在，这款果酱的原始配方已经有了，很快就可以批量生产。

生产商对这款产品很感兴趣，它具有新奇的卖点，又有噱头，方便做广告。人们有时花钱购买的并不是产品，而是新奇的点子。不过，在商品的命名上，伯吉斯和生产商产生了分歧，生产商认为，叫“发条橙果酱”更好一点，毕竟那部作品的效应在那里，做起广告来也容易得多。但伯吉斯显然已经不想再看到这个名字被大张旗鼓地放进电梯广告中，他坚持使用一个新名字，理由是“发条橙果酱”容易和普通果酱混淆，况且“发条橙果酱”这个名字会使人们产生某种机械式的联想，甚至觉得产品中有某种机油残留的味道，影响产品销售。

最后，他们达成一致意见，这款新产品就叫“伯吉斯果酱”。这个名字确实还不赖，特别是在出口方面具有优势，因为它的名字给人的第一印象就像一款进口产品。在某些地区，一个产品的译名足以决定产品的生死。

至于产品的标志，生产商自然还是倾向于果酱上应该有个橙子的图案。伯吉斯认为，橙子的图案可以有，但是只有橙子的话显得太普通了，不足以代表这款产品的特殊功效，必须对橙子的图案进行改造，以便准确地传达产品的信息。最后，他成功说服生产商，在一个外形酷似脑袋的橙子上，增加了一顶帽子，因为这款“伯吉斯果酱”就像一顶安全帽，能够很好地保护人们的大脑不受外界的侵扰。这个建议生产商非常赞同，生产商决定，就使用电影《发条橙》中阿历克斯所佩戴的那款“鲍勒帽”，因为它的知名度高，具有识别度，而且这款帽子最初就是为了保护头部而生产的，它的顶部非常坚硬，能够抵挡一般的坠物，与这款果酱的功能非常契合。

很快，这款“伯吉斯果酱”就上市了。人们从露天广告、电梯广告、电视广告上都可以看到它的身影。为了保护自己和家人的大脑，人们纷纷排队购买这款新产品，同时，这款产品也带火了“鲍勒帽”的销售。

肆 阅读的变奏

卢梭的读书生活

所谓“前人种树，后人乘凉”，藏书也是如此。祖辈们费尽心力，极力搜索、收集、整理、阅读、抚爱过的书籍，无疑是后辈们最好的知识源泉。

这一点在卢梭身上体现得淋漓尽致。他跟着父亲一起阅读母亲遗留下的一些小说，他们轮流不息地读，不把一册书读到最后绝不释手，有时甚至读到天亮。

母亲的藏书读完，父子俩又转向卢梭的舅公留给他们的那部分书，其中有不少好书，他们把书搬进了工作室。父亲工作时，卢梭则在一旁念书给他听。可以说，这个阶段的读书生活，塑造了卢梭的思想与性格。

读书的热望一直伴随卢梭终身，即便是在田间劳作时，他也随身带一本书，一边劳动一边背诵（他希望通过强记法增强记忆力）。他经常把书在树下或篱笆上一放就忘了取回，隔段时间找到时，不是烂了就是被蚂蚁或蜗牛啃坏了，那些书籍最终也化作了“知识的尘埃”，然而，这种腐化毕竟没有里贝罗描述的那么惊心动魄。

卡夫卡与书的游戏

直到现在，我仍旧喜欢与书籍有关的游戏。这种游戏，可以是“动”的，即由他人出考题，你来找书，有点像书店工作人员的“找书考核”。也可以是“静”的，通过一本图片集，或者只是屏幕里的一张照片（能放大则更佳），借由大脑里的书籍信息库，仅凭图片里书籍的颜色、装帧、厚度、开本等信息，判断出一本书的名字等相关信息。

这对记忆力、眼力、判断力都是一种考验，也是赏心悦目的一种书的游戏。

书的游戏，不分国界，也没有任何年龄限制，参与这种游戏的对象，可以是怀抱中的幼儿，也可以是耄耋老人。可以说，书的游戏，可以从小玩到老。

印象中，卡夫卡也是此中高手。

卡夫卡非常喜欢读书，虽然童年时代的卡夫卡能看到的书很少，家里找不出几本像样的文学书，家庭文化熏陶十分匮乏。但是，进入中学后，他开始补上文学阅读这一课，那些年他读了很多书，甚至晚上熄灯后，他仍不愿把书放下。

卡夫卡头脑中的书本知识也令同学折服。有一次，卡夫卡和同学经过一家书店的橱窗，卡夫卡突然对同学说：“你来考考我！”说着，卡夫卡闭上眼睛，由同学说书名，他来回答作者的名字，测试结果令同学佩服得五体投地。

卡夫卡：出版与锻造

1924 年，卡夫卡将四篇作品编成一部短篇集，题为《饥饿艺术家》，由“锻造坊”出版社出版。该书出版时卡夫卡已辞世。

这部短篇集包括《小妇人》（1923 年）、《最初的痛苦》（1921 年秋末或 1922 年初）、《饥饿艺术家》（1922 年春）、《女歌手约瑟芬或耗子民族》（1924 年 3 月）。

这部作品的意义非同一般，其中，《饥饿艺术家》是卡夫卡珍视的短篇小说之一，在去世前一个多月，他在病榻上校阅这篇小说时，还为“饥饿艺术家”流下了泪水；《女歌手约瑟芬或耗子民族》则是卡夫卡的最后一篇作品。

出版这部作品的出版社，也给我留下了非常深刻的印象。“锻造坊”——多么响亮、滚烫、铿锵有力的名字！这个名字本身，就向我们宣告了其终极目标：锻造！

一部好的作品，无疑都经过了如下程序：作者的锻造——出版社的锻造——读者的锻造——时间的锻造。

卡夫卡对其作品的锻造是众所周知的，他对自己的作品是如此严苛，以至于留下遗嘱要求勃罗德将其作品全部销毁。然而，没有什么能将卡夫卡的作品销毁，相反，这一切都使他的作品受到了更多的锻造。

应该说，卡夫卡与其他作家不同，他的作品甚至还多了一道程序——来自其父亲的锻造。尽管这种锻造并非直接，而是来自一种无形且无处不在的力量。

在《切不开的面包》这个故事（更像一则寓言）里，我们可以感受到这一锻造过程。“桌上放着一块面包，父亲拿着一把刀走了过来，想要把它切成两半。”然而，这把又重又快被父亲攥得火热滚烫的刀，却怎么也切不进去。直到清晨，父亲一直试图将面包切开，他不相信会被一个面包给耍了。不过，父亲也承认：“一个面包也有反抗的权利，那就让它反抗吧。”当父亲说完这番话，这个面包忽然开始收缩，变成了一个很小很小的面包。这块面包无疑代表了“下定决心面对一切”的人，包括卡夫卡自己。

通过出版社的锻造，这些足以穿透灵魂的作品，才来到了读者面前，接受读者的锻造。卡夫卡的作品，如今被广泛地传播，正经历着时间的锻造。

博尔赫斯与书

提到书籍的慰藉，不能不提到博尔赫斯——作为盲人的博尔赫斯。

那是一个巨大的玩笑，上帝同时给了他书籍和黑夜。

当一个人失去了自主阅读赖以进行的视力，书籍对他来说，意味着什么？

博尔赫斯说："我始终不把自己当作盲人，我继续买书，不断地把书放满我的家。前些日子，有人赠送给我一套1966年版的《布罗克豪斯百科全书》。我感觉到了家里存放着这套书，我感到这是一种幸福。那里摆放着20多卷书，里面有我无法阅读的哥特体字母，有我无法看见的地图和插画，但是，这套书就放在那里。我感受到了这套书包含的深厚情谊。我认为书是人们能够享受到的一种幸福。"

书籍的慰藉在博尔赫斯身上体现得淋漓尽致。在失明后，他继续买书，继续从书籍中得到如同置身天堂的幸福。虽然他看不见，但是并不意味着他不再"看见"。通过其他感官，他依然可以在记忆中得到补偿。当他抚摸一本书，便能得到关于某本书的回忆，他在回忆中继续“阅读”。书籍就像一座他曾经走过无数遍的迷宫，即使闭上眼睛，依靠内心的向导，他依然能够在迷宫中穿梭自如，他的拐杖依然能够为他描绘出迷宫的结构。

有一种职业，对眼睛的损耗相当严重，被称为“卖眼睛”的行当。当我终于认清自己也是“卖眼睛”的人，我对失明开始有了一种莫名的恐惧。我一边“贩卖”着自己的眼睛，视力一天天在下降，一边又对它们委以重任，购入大量书籍，仿佛它们在失去光明前都能看完似的。

我很喜欢陈绮贞的那首歌——《失明前我想记得的四十七件事》。失明前，我想记得，世界上所有书的模样。我同样记得，照片上，卡夫卡那么倔强，他的尖耳朵竖起来，仿佛地洞里的某种动物正警觉地探听着来自地面的消息。

博尔赫斯与藏书室

在《博尔赫斯全集》厚重的两卷散文中，有一个符号是必不可少的，那就是“可爱的书名号”。这一个个书名号代表着博尔赫斯的阅读时光，那些真实存在的或被杜撰出来的书籍，都在书名号间得到了属于自己的位置。

没有什么能阻止博尔赫斯阅读，哪怕失明。他通过背诵大量诗歌和散文来对抗失明。当你看到博尔赫斯手持书卷全情投入地诵读一首诗歌或一篇散文的情景，你很难相信这是一位盲人，他真的没有偷偷看一眼手上的书吗？他甚至比视力健全的读者读得还要透彻！

世上有两种阅读，一种是目光对外界的阅读，包括展现在我们眼前的世界，刻在事物上的符号，印在书上的文字等。另一种是对内心世界的阅读与倾听，这是岁月流转中，光阴在我们内心所留下的痕迹与回响。两种阅读都是至关重要的，都在博尔赫斯人生的不同阶段为他带来了书籍的慰藉。

童年的阅读记忆无疑最为深刻，对于博尔赫斯来说，那是无数的英语读物和百科全书的插图（博尔赫斯的父亲喜欢收集各种百科词典）。博尔赫斯曾这样写道：“如果有人问我一生中最重要的是什么，我会说是父亲的藏书室。”在这间藏书室里，博尔赫斯孜孜不倦地阅读了大量书籍，包括被禁止阅读的书。

叶君健“盘书”

我们的书房，无疑是为那些人而准备的：他们用自己的人生与作品，影响着我们的人生与作品。为了感恩，我们在书房中辟出专门的角落，妥善安置这些高贵的灵魂，让人类的群星在书房中继续闪耀他们的光芒。

古今中外，有那么多杰出的灵魂向我们发出召唤，照亮我们的前途，鼓舞我们前行，伴随我们一生。尽管我们的心“略大于整个宇宙”，但在时间的长河里，我们有限的生命所能搜集到的“星光”又是如此之少。

在迷人的夜晚，仰望明亮的星，你会发现，它们彼此互相映照，散发出迷人的光芒——瞧，这是罗曼·罗兰与傅雷，那是莎士比亚与朱生豪，还有契诃夫与汝龙，济慈与查良铮，安徒生与叶君健……

正如周国平先生所说，名著是在名译之后诞生的。“对于不能直接读原著的读者来说，任何一部名著都是在有了好译本之后才开始存在的。譬如说，有了朱生豪的译本，莎士比亚才在中国诞生；有了傅雷的译本，罗曼·罗兰才在中国诞生；有了叶君健的译本，安徒生才在中国诞生；有了汝龙的译本，契诃夫才在中国诞生，如此等等。”

这里特别要提的是，将富有诗意的安徒生童话完美地翻译成中文的叶君健先生。

在大多数读者（甚至小读者）眼中，“叶君健”简直就是安徒生童话的代名词，提起安徒生童话，首推叶君健译本，以致叶老文学创作的成就反倒有些被其翻译家的光芒所“掩盖”。

在浙江文艺出版社于1998年12月出版的十卷本《叶君健文集》中，文学创作占六卷（小说四卷，散文·评论一卷，童话一卷），文学翻译四卷（即《安徒生童话全集》四卷）。由于出版时间较早，叶老的新作没能在文集中得到体现。

而清华大学出版社于2010年3月出版的20卷本《叶君健全集》，则较全面地反映了叶老的文字生涯。其中，文学创作就占了14卷（短篇小说一卷，中篇小说两卷，长篇小说五卷，散文五卷，儿童文学创作一卷），文学翻译占六卷（除《安徒生童话全集》四卷外，还收录儿童文学翻译一卷，戏剧·小说·诗歌翻译一卷），可见叶老的文学创作之丰。

但遗憾的是，目前市面上还可寻觅的叶君健文学作品，除了定价高昂的《叶君健全集》外，就仅有两三种儿童文学作品，此外几乎难觅其小说散文作品，应该引起出版界的注意。一位能将安徒生优美的童话完美地转换成中文的作家，其原创文学作品难道不值得大家更多关注吗？

作为爱书人，阅读叶老的散文，尤其是与书相关的回忆类散文，我深感其对书籍的热爱。在《叶君健全集》第 20 卷《盘书》一文中，我们可以看到，年近八旬的叶老，在得了一场大病体力还未恢复的情况下，坚持亲自“盘书”（搬书上架），以便寻找相关资料时不至于遍寻无着。

首先上架的书是一系列全集——原来叶老也和我们一样，是个“全集控”！巴尔扎克、狄更斯、萨克雷、屠格涅夫、司汤达、塞万提斯等，而且都是叶老几十年间在海外收集的，版本也比较罕见，因此，上架时叶老特别小心，唯恐对书造成损伤。

不过，叶老也表示，他不是收藏家，并不希望这些珍贵版本能拍出大价钱。他收集这些书是为了阅读，尽管有的书只不过读了寥寥几页。

叶老说：“我一直在企盼，在我这平庸的一生中某一天我能够安静地坐下来，细读这些名著——人类文化的结晶。”然而，这一天一直没有到来，等到叶老真正迎来这一天，他的一生也已接近尾声。

人生的遗憾何其多，藏书而读不尽，其一也。

叶君健：生命的意义在于搬书

年轻的爱书人，望着满屋子的书，自然是满心欣喜。但随着时间的流逝，在垂暮之年的爱书人眼里，书房又将是怎样的一番景象？

年近八旬的叶君健老先生曾说过这样的话：“按说，在我垂暮之年，还要精心保护这些作品（书籍），实在没什么实际意义，但在酷暑中我一册一册搬它们上架，却也没有什么比这还能给我剩下的生命赋予更重大的意义。”

对于一个爱书人来说，生命的意义，也许正在于搬书吧。

记得有一次，与书房一墙之隔的消防管要进行更换，墙壁必须砸开，工人必须进场施工。那一天，对我来说，无异于“末日”，我哭丧着脸，极不情愿地请施工人员次日再接着施工，因为，我必须先把书房整理好。

当天我请了假，开始移动我的“图书馆”，家人要帮忙，我固执地要自己干，搞得气氛很不和谐。我将书架上的书全部堆到书桌上，书越堆越高，我真担心这个时候万一发生地震，那可怎么得了，非把书堆震散了不可。

第二天，终于将靠墙的书架挪开，由于担心施工时灰尘弥漫，我还动用了所有能找到的床单，将书架和书堆都盖得严严实实，才放心地让施工人员进场。

经过几天的施工，当工人宣布工程完毕，再也不会踏进书房一步时，我的工作又开始了，将书架挪回原位，将书搬上架，恢复书房原有的秩序。

后来，新增了几座大书架，书架的安装、定位用了几天，书籍的归类、整理、上架工作也持续了一段时间。当所有的书安置妥当，面对这些一辈子也未必看得完的书，真的不得不慨叹，生命在于运动，对爱书人来说，生命则在于搬书。

叶君健与“此君”

读者大概会纳闷，“此君”是谁？

“此君”典出《世说新语》，王徽之喜竹，曾言“何可一日无此君”。

对于陆谷孙主编的《英汉大词典》，董桥也曾言“不可一日无此君”。

于是乎，在我的心中，“此君”的形象逐渐由“竹”过渡为“工具书”，提到工具书，自然而然就想到了“此君”这个名字。

诗人、翻译家黄灿然将《新英汉词典》视为“衣食父母”，甚至是“再生父母”，足见其对“此君”的感情之深。

在叶老对“故居”的描述中，我们可以看到，“此君”在叶老的创作和翻译中同样是不可或缺的，他和“此君”之间，是一种难以割舍的伙伴关系。

在“故居”里，叶老写作、翻译了几百万字。叶老多年所收藏的中文书，已全部捐给了故乡的图书馆。“故居”中只保留了一个纪念——叶老的小书房。书房里有一张书桌、三个书架、一把靠椅和一张单人床。书架上放的都是叶老创作和翻译时所需要的工具书，就在书桌旁，伸手可取，方便查看。

叶老说："翻译一些西方特别是19世纪的名著，自然会牵涉许多历史、政治、经济和风俗人情方面的问题，因而参考工具书还必须完善。"

为此，叶老购置了很多大部头的辞书，如《大英百科全书》《大众百科辞书》《希腊神话辞典》《罗马神话辞典》《民间传说辞典》《戏剧大辞典》《美术大辞典》《音乐辞典》《舞蹈辞典》，以及英、法、美、东方、美洲和欧洲的文学辞典等。

书架上的这些工具书，时时激励着叶老做翻译工作的"壮志"，促使其为读者带来了如此雅致、富于诗意的翻译作品。

在感谢叶老的同时，怎能不感谢"此君"？

叶君健的“斗室”

叶老的这间“斗室”只有6平方米，但是在这个小圈内，叶老却可以知道世界上发生的大事。

叶老在“斗室”内的生活是惬意的。

在书桌的椅子后，有一个小沙发，叶老随时可以离开正襟危坐的书桌，舒服地靠在沙发上，双脚则搭在沙发前的床沿上。

在这里，叶老悠闲地看看中外报刊和世界名著，或者听听中外文短波广播，如此，宇宙间的事情就汇集到了叶老的脑中。

灵感来时，叶老会马上站起来，只需挪动一步，就能坐回书桌旁，奋笔疾书，不会让灵感在途中丢失。

这就是“斗室”里的叶老。叶老说：“生活竟然可以如此简单，我却感到很满足！”

这大概就是人们常说的“知足常乐”。

一个人是否幸福，与他所占有的空间是不成正比的，而与其内心是否感到满足密切相关。

过去，我的书房里可以摆下一张不大不小的床，需要时还可以作为客房使用，只要客人不讨厌书房浓郁的油墨味。

现在，我的书借由书架的武装，已“强行”占据了一整间房间。然而，我的内心并没有因此感到满足，我的心仍然追逐着那些尚未购置的书籍，依然每天为它们牵肠挂肚。

我时常回想起学生时代那个属于我的小房间，那是用合成板隔成的，墙上有扇窗，房里只有一张床铺、一张书桌和一个矮矮的玻璃柜。我用玻璃柜装书，那时，我的书还不够装满玻璃柜最上面的一格，但是我感到很满足。我时常在昏黄的灯光下盯着我的书看，灯光也从书页透进我的心里，让我的心中亮堂起来。

那时我常常深夜读书，记得有一次，我读巴金的《窗下》，夜是如此静谧，以致令人产生一种幻觉，这“窗下”的故事，仿佛就发生在我的窗外。

这样的阅读是迷人的，忘我的。我喜欢夜，当一切沉睡，你却忽然睁开双眼，自由地在夜色中潜行。夜色正好，不会有任何打扰。

如果你也正在“斗室”中，请珍惜吧，那无疑是最美好的时光。

叶秀山的“辞书之爱”

在公开向辞书“表白”的学者中，叶秀山先生的“表白”最为直接——“我爱辞书！”

叶先生喜爱辞书，无论是语词类的，还是百科类的，他都喜欢。他认为，爱辞书就是爱知识、爱智慧，凡爱知识的都会爱辞书。

和广大爱书人一样，叶先生也曾疯狂买书，主要是外文书，其中相当一部分是字典和百科类辞书。叶先生也曾因为无力购置而错过不少好书、好字典，这种遗憾我感同身受。叶先生有一本1804年伦敦出版的《希－英圣经字典》，他将这本印刷、字体、装帧都古色古香的工具书称为“我的宝贝”。

在《世纪学人 百年影像》一书中，我们可以“潜入”叶先生的书房一探究竟。有一张照片是1997年8月12日在北京东直门外寓所中拍摄的。

照片中，叶先生摘下眼镜，正对着镜头微笑，身旁书桌上的《新英汉词典》清晰可辨。身后是几个书架，在书架之间的缝隙处，还垂直放置了两本词典，一本是《简明德汉词典》，另一本则比较模糊，从封面装帧上看，像是《牛津现代高级英汉双解词典》。书架上模糊难辨的外文工具书就更多了。有的工具书已经被翻阅得很旧了，因此，叶先生让它们平躺下来，休息休息。

对于辞书，大多数人总是“追新”，而叶先生则认为新旧版本各有用处，“新的当比旧的解释更可靠，不过旧的则可能比新的更详细，可以知道过去曾有多种说法，新旧版本各有用处，新的查不到的，或许旧的有”。在叶先生眼里，新旧版本可以互为补充，而不像如今有些词典，新版旧版互相“掐架”。

在爱辞书的人心中，大概都回荡着一首“百科全书狂想曲”，尽管面对“百科全书”这座大山，令人不得不承认自己的渺小，但是毫无疑问的是，在这座大山面前，你充满了向上攀登的力量。

巴金的“仓库”

巴金认为，人们不该忘记，人的脑子里有一个大“仓库”，里面储存着别人拿不走的东西。

现在，书在书架上，如果你不去读它，不把它录入你的“仓库”，那么当有一天，你在“困境”中需要动用你的“积蓄”时，你打开“仓库”的门，将看见怎样的景象？

当巴金的书房被贴上封条、加上锁时，是“仓库”里储存的、没有人能封锁、没有人能拿走的东西支撑着他，给了他光和热，给了他坚持下去的勇气。

除了自己，没有任何人能进入这个“仓库”，这里有多年来积累的精神财富，有放满书的书架，这些书都是一本一本，通过一字一句、一页一页的阅读扫描录制而成的。因此，当你需要书籍的慰藉时，哪怕身处黑暗，没有电，没有灯，没有火，你也可以打开你的“仓库”，从“书架”上取出你要的“书”，静静地“阅读”。

还有比被囚禁在躯体中更可怕的境地吗？请想象这么一个人，全身瘫痪，只有大脑仍在活动，他可以听见这个世界，却无法做出任何反应，哪怕是眨下眼睛。

在心灵濒临疯狂之际，他在黑暗中摸到一把钥匙，并通过这把钥匙，打开了一座“宝库”，宝库里收藏着他一生中接触过的东西，只要是他认真看过的，全都在这里，通过这些东西，他又可以创造出新的事物。

只要外界还没有放弃对他的肉体的营养供应，他便能在这躯体中，让灵魂快乐地生活。也许有一天，奇迹发生，他还将彻底醒来，当他睁开双眼时，他会感谢自己的“仓库”，感谢所有的一切……

梭罗的木屋

在瓦尔登湖畔的一片森林中，梭罗盖起了一座木屋。

整个夏天，梭罗既要盖木屋，又要干农活，他无法读更多的书，只能在工作的间歇翻阅几页《伊利亚特》。

面对手头无穷的工作，梭罗以“未来可以读更多的书”来激励自己，这个念头给了他很大的动力。

梭罗的这一激励方式，对爱书人是非常适用的。每当面对忙碌的工作，身心俱疲，我也总是告诉自己：加把劲，就快结束了，很快你就可以回到“夜晚的书斋”，享受“流动的盛宴”！每次这么一想，我就立马精神抖擞，胸中的火焰在翻腾，促使我为这即将到来的“阅读时光”而加倍努力。

后来，梭罗这样描述他的木屋：“我的木屋，比起一所大学来，不仅更宜于思想，还更宜于严肃地阅读。”梭罗认为，阅读是“研究真理的不朽盛事”，是一种“崇高的智力训练”，是人们“攀登天堂的阶梯”。

虽然我们没有属于自己的木屋，但是和梭罗一样，我们也有属于自己的书籍。我们让书籍遍布每个房间，让书籍充满每座书架。我们同样相信，书籍能够解决人类的一切疑难问题。

虽然我们没有属于自己的木屋，但是和梭罗一样，我们也亲手建造属于自己的“纸房子”，这座“纸房子”与“木屋”的功能是相同的，它们同样适合于阅读与思考。

那是冬日里的一次远行。梭罗说：“每个人都在内心为地火建立了一处祭坛。在至冷的日子里走在最荒凉的山丘的人们，无不渴望着有一把圣火能够像点燃炉子一样去温暖自己层层衣物遮盖的内心。”

我想，每个人的心中都有一把圣火，它带给我们光明，给予我们温暖，指引我们前进。对爱书人而言，这把圣火来自“盗火者”，来自书籍——还有什么比书更能温暖你的心灵？圣火在心中熊熊燃烧，一旦燃起，就不会熄灭。这把圣火还将通过生命的繁衍，一代一代地传承下去。

卡尔维诺来信

卡尔维诺来信，真的来信了！

《卡尔维诺书信集（1941–1985）》英译本于2013年7月由普林斯顿大学出版社出版，书中收录卡尔维诺的650封信，收信人包括作家翁贝托·艾柯、戈尔·维达尔，导演米开朗琪罗·安东尼奥尼、皮埃尔·保罗·帕索里尼，作曲家鲁契亚诺·贝里奥等人。译林出版社购买了该书版权，这部厚重的书信集（英译本达640页）成为译林“卡尔维诺经典”系列的重要作品。

卡尔维诺是位作家，同时也是位出版人，他的大部分时间在出版社做编辑工作。卡尔维诺在意大利出版的书信集名为《别人的书》。他曾在信中说：“我在别人的书上花的时间要比我自己的书多，但我一点也不后悔。”

“卡尔维诺经典”系列刚推出时，译林出版社曾发起一项网络调查，让“卡迷”们都来说一说自己“为什么爱卡尔维诺”，响应者众多。

有人说：“我们爱卡尔维诺，因为卡尔维诺是我们的。如果卡尔维诺来这里，会发现我们正在玩‘尖脚猫游戏’，甚至还成立了‘尖脚猫游戏协会’。卡尔维诺的寓言故事具有一种非凡的力量，特别是《黑羊》《呼唤特丽莎的人》《良心》《做起来》等，期待《黑暗中的数字》等作品早日出版。”

有人说：“在精装新版中，《我们的祖先》一分为三，仿佛那分成两半的人体，将各自生活在拥挤的书架上。跟着男孩爬上一棵树，永不下来，你是否有这样的勇气？一具甲胄要证明，没有肉体也可以存在。这似乎难以置信。但更令人难解的是，拥有肉体的我们，有时，竟也难以证明自己的存在。”

有人说：“在《失明前我想记得的四十七件事》里，有这样一句歌词‘我会想念／卡夫卡照片里／他那么倔强’。在卡尔维诺之前是卡夫卡，我和很多人一样，是难以言喻的‘卡徒’。也许该在歌词里加上一句‘我会想念／卡尔维诺的大脑／那么纤细复杂’。”

有人说：“2001 年 1 月出版的精装版《命运交叉的城堡》，至今仍令我爱不释手。这不仅因为它是精装本，更因为它包含了卡尔维诺《命运交叉的城堡》《看不见的城市》《宇宙奇趣》三部作品。可以说，这本书是我的卡尔维诺启蒙读本。遇见卡尔维诺，是一种幸运。”

也有人说：“我们爱卡尔维诺，因为卡尔维诺给这个世界带来了信心。在‘一只脚跨进幻想世界，另一只脚留在客观现实世界’的卡尔维诺眼里，千年转瞬即逝。未来千年，文学将如何发展？1985 年，卡尔维诺说：‘我对于文学的前途是有信心的，因为我知道世界上存在着只有文学才能以其特殊手段给予我们的感受。’”

卡尔维诺是我们的，我们甚至固执地认为，卡尔维诺所写下的每一封信，收信人就是我们。

伯林的留恋

那是在安格里斯基大街局促的房间里，10 岁的伯林开始全心全意地读书，他读托尔斯泰、屠格涅夫、普希金、海涅、歌德等人的著作，特别是那部俄国犹太人的知识宝库——《犹太百科全书》。通过阅读这部百科全书，犹太教有关知识和历史在他头脑里扎下了根。

1920 年 10 月，当伯林一家离开安格里斯基大街时，除了法律允许的东西外，什么多余的也没拿，包括书籍。当公寓大门关上时，他唯一留恋的东西便是那部华丽的《犹太百科全书》，以及留在书架上的标准版俄国古典名著。

我不知道在后来的岁月中，伯林是否逐渐寻回了他的“童年之书”，填补了他书架上的“空缺”，哪怕是不同版本。如果没有，那一定是一个巨大的“心理空缺”。

可以说，爱书人的书架上，永远缺一本书。爱书人的心中，永远充满了对某本书的牵挂。个中滋味，非同好者难以体会和理解。

我曾写过一篇《嗜书症、窥探癖及纸房子》，收在我的另一本书里。这篇文章此前曾在某文学杂志上发表过，遗憾的是，责编对其中一句话做了小小的改动，把“我的书架上，永远缺一本书”改成了“我的书架上，永远不缺一本书”。

拿到样刊后，看到这个改动，我非常尴尬，因为这根本就是两种不同的意思。就像一支射出的箭，掉转方向奔自己而来，完全违背了原意，这回我是真的被“文字之箭”射伤了。

不过也难怪，这位责编不一定是“书虫”，难以理解“书虫”心中的这种“缺”，况且，这年头“不差钱”，怎么可能“缺”一本书呢，所以，在责编看来，一定是少了一个“不”字。

保罗的假期

雷马克早年勤奋好学、博览群书，在谈到读书时，他曾说："我读得很多，毫无计划地读。我读了成千本毫无价值的书，直到后来我才发现了凯勒的《绿衣亨利》。以前我区别不了低级趣味的消遣性读物和优秀文学，但是这本书有许多页我能整页整页地背诵出来。"

读书，无疑是一个"披沙拣金"的过程，只要在这个过程中能发现"金子"，都是值得的，哪怕需要读成千本毫无价值的书。一旦发现这样的"金书"，你会想要把它背下来，书中每一句话都令你激动不已。

在《西线无战事》这部小说里，不难发现与书籍有关的场景。那是主人公保罗·博伊默尔在战争时期的一次休假，一共有 17 天，也就是说，他可以享受 17 天的和平日子，没有枪林弹雨，没有连珠炮火，这对于前线士兵来说是非常难得的。

当保罗回到当兵前所住的房间，他看见了自己熟悉的书架。书架上有许多旧书，蓝布面精装本，是成套购买的，因为他不相信选集的编者会把最优秀的作品都编选进去，所以他买的是全集

（这与爱书人“要买就买全集”不谋而合）。还有些书是他用不太诚实的手法弄来的，他先把它们借回来，后来就不还了，因为他不想和它们分开。

他多么希望能像以往一样，当他走到自己的书籍前，那些五颜六色的书脊上便会刮起一阵“愿望之风”，唤醒他对未来的渴望和思维的乐趣。然而，书还是那些书，但他已不再是原来的自己，青年时代的朝气已在战火中消失殆尽。

在1979年翻拍的《新西线无战事》中，这一场景通过保罗给母亲写信这种内心独白的方式进行展现——

“妈妈，我过去一直住在这屋里，我的一切都在这，所有的书，所有我珍爱的书。可是它们不再像从前那样对我诉说了。因为现在的我，已经不是当时住在这里的我了。我现在是士兵，我的知音不再是读书，而是杀戮……”

战争，使人成为炮灰，使书化为灰烬，使人和书不再成为知己，尽管人与书之间曾经是难舍难分的知音。

在《书之爱》中，书籍在对战争发出控诉的同时，也对和平发出了这样的呼唤：“建立和平，消灭战争，使我们获得安宁的时光。”

里尔克的“书之爱”

里尔克在写给一个素不相识的青年诗人的信中，谈到了青年人心里时常感到困惑的问题，也谈到了自己的读书，并指导青年诗人该读什么、怎么读，以及该以怎样的心态来对待书籍。

里尔克这样写道：“在我所有的书中，只有少数的几本是不能离身的，有两部书甚至无论我走到哪里都在我的行囊里。一部是《圣经》，一部是丹麦伟大诗人雅阔布生的书。”

一个人，不管他的书房里有多少书，哪怕有一万册甚至十万册，但在人生匆匆的旅程中，他的行囊里最多也只能装进那么几本书。对于里尔克来说，一部圣经，一卷雅阔布生，已经足够。

我想，在我的行囊里会是这么两本书：一本是“爱书人的圣经”《书之爱》，一本是丹麦伟大的童话作家安徒生的书。

里尔克建议青年诗人在书里多体验一些时间，学习认为值得学的事物，但最重要的是要“爱它们”——“这种爱将使你得到千千万万的回报。”

芥川龙之介的“书式生活”

香港作家廖伟棠曾说：“某年香港书展，我只捧回一套书——《废名集》。过去五年，比较寂寞的大部头，除了这套《废名集》，还有山东文艺出版社的《芥川龙之介全集》，都是非常值得买的好书。”

好书不怕寂寞，好书也不该寂寞。现在，这两套书已飞入许多爱书人的书房。在不少爱书人的书架上，甚至连书籍的排列方式都是那么“默契”——六卷本《废名集》就摆在两卷本《周辅成文集》旁边，“燃灯者”总是能给这个世界带来许多温暖；而五卷本《芥川龙之介全集》理所当然地摆在“外国文学名家精选书系”一旁，与“牛皮纸”系列共同组成规模庞大的“山东文艺专柜”。

《芥川龙之介全集》正是书友所认可的、体现出版社“良心”的带锁线的书。从篇幅上来看，《芥川龙之介全集》与《博尔赫斯全集》也存在一些共同之处：首先，它们都是五卷本的大部头；其次，作者都与书籍有着千丝万缕的联系；第三，两位作者都写过同一题材的作品。

博尔赫斯自不必说。芥川龙之介也是一条上升到“脉望”

境界的“书虫”。芥川从小喜欢读书，他的所有知识都是从书本上学来的，他从书中认识人生、了解人性，同时也从书中获取素材，加以发挥，成就自己独特的篇章。

这种“从书本走向现实”的路线，和卢梭有几分相似。卢梭在回顾自己的童年读书生活时曾表示，尽管当时他对事物还了无观念，但是通过读书，他对各种各样的感情已不觉得陌生。当他还什么都不领会时，却对一切都能够感觉。

可以说，书籍给予读者更多生活体验，甚至比现实生活还要多，还要逼真，还要强烈，还要迷人。打开一本书，全情投入，我们将会进入一个比现实还要广阔的世界。

林语堂的“枕中秘”

在微博上，经常有书友发起一些“读书游戏”。例如，翻开你手边最近的一本书，抄下某一页的第几句话。有时候比较不凑巧，你手边最近的书因为太薄根本就没有指定的页码，或者那一页刚好是空白的，没有一点文字。

假如林语堂也来参与这个游戏，就不会出现这种情况了。因为，他手边最近的书，长 17 厘米，宽 9.5 厘米，厚 3 厘米，共 1000 页，只要不指定第 1001 页，还是绰绰有余的。这本书就是被林语堂称为“枕中秘”的《袖珍牛津英文字典》（*The Pocket Oxford Dictionary*）。

这部袖珍字典，可以说名副其实，它不满盈握、携带便利、开卷有益，十几年中，不论居家远游，林语堂的身边都不曾一日无此书，他将之视为有趣的读物，不忍释卷。就算出门，也要在行李箱中留出两双袜子的空位，来安置这部“枕中秘”。

林语堂曾作一篇长文，专门论述“英文学习法”，并写下《我所得益的一部英文字典》。通过对比详尽介绍了这部字典的种种优点，如体例之善、搜罗之富、考察之精，等等。

既可用于查询，又可作为平日消闲的好读物，这样的工具书确实令人爱不释手。林语堂对这部工具的喜爱，从字典的品相上就可见一斑。

字典的扉页上，有林语堂的印章，印章工整地印在右下角“CLARENDON PRESS”（牛津大学出版部印刷所，原为Clarendon伯爵所创办）字样上方。

这部诞生于1924年的字典，经过林语堂长年累月的翻阅、把玩以及时间的洗礼，书边已显得有些破旧，也可见其“用功之勤”。在这部字典中，还有林语堂亲自贴的补丁和胶纸，足见其对该书的珍视与体贴。

特别值得一提的是，2013年11月，这部凝聚着林语堂“工具书之爱”的字典，由林语堂的女儿林相如从美国寄出，经过长途跋涉，成为平和林语堂文学馆的珍贵馆藏之一。

余华：有关阅读的四个变奏

余华在《最初的岁月》《谈谈我的阅读》《我为何写作》等文章中，曾多次谈及自己“最初的阅读”，但只是点滴回忆而已。在麦田版《十个词汇里的中国》一书中，余华用长达36页的篇幅对自己“最初的阅读”进行了全面回忆。由于记忆的不确定性，余华“最初的阅读”存在着四种不同的版本。

在那个没有书籍的年代，余华通过各种途径来满足自己对阅读的渴望。从图书馆借阅，到大街上四处寻找书籍，在自己家“挖掘”，最终，迷恋上《毛泽东选集》里的注释。不管怎样，这毕竟是较为完整的阅读。

还有一种阅读是残缺不全的，书籍已经在传阅中变得破败不堪，没头没尾，没有开始，也没有结束，余华到处打听故事的结局，但是谁也帮不了他，他开始自己设想故事的结局。这对想象力是极大的锻炼。余华甚至和同学一起，在一天时间里，抄写完《茶花女》手抄本，这本手抄本的手抄本，随着时间的流逝，字迹从工整到潦草得难以辨认。这项抄写工作，大概对余华日后的签名风格也有影响吧。

沈从文说：“我读一本小书同时又读一本大书，我上许多课仍然放不下那一本大书。”对于余华来说，“街头的阅读”无异于书本之外的另一本“大书”。在这本大书里，他读到了更多，同样获得了阅读的乐趣。他甚至发现，家里的医学书中也隐藏着“惊人的神奇”。其实，在很多被我们认为没有阅读趣味的书中，甚至在《现代汉语词典》这种工具书里，都隐藏着这种“惊人的神奇”。

在前三个版本中，由于书籍的匮乏，余华饥不择食地读着所有能读的东西。在第四个版本里，阅读的春天终于到来，但一开始还是有限制的，你兜里揣着钱，也未必买得到书。你得通宵排队，领取数量有限的书票，而领到书票的，无疑是其他人眼中的“幸运儿”。余华所经历的这种“排队领票买书”的情景，我们是难以体验到了。在我们这个时代，人们排队买的，是一种叫作“苹果”的东西。

克雷洛夫的“玩笑”

克雷洛夫的一生都和书有着紧密的联系。

这种联系首先来自他的家庭。克雷洛夫的父亲酷爱读书，把全部闲钱都用于买书，这对于一个贫苦家庭来说是奢侈的，但对于克雷洛夫的影响无疑是巨大的。克雷洛夫对所读过的书过目不忘，甚至能够背出来。可惜的是，在克雷洛夫 9 岁时，他的父亲去世了，他不得不挑起养家的担子。

16 岁时，克雷洛夫完成了他的第一部剧本，这部剧本被一个出版商买下，价钱相当于克雷洛夫当时月薪的 9 倍。对于克雷洛夫来说，这可是一大笔钱，但克雷洛夫没有选择现金，而是让对方给他一批书籍。

这并不是说克雷洛夫“不差钱”，而是因为他立志要成为戏剧家，他更需要的是学习，需要的是世界著名戏剧家的书。况且，对于爱书人来说，再没有比书更好的“报酬”了。在爱书人眼中，书籍无异于衡量一切价值的度量衡。

36 岁时，一个偶然的机会，克雷洛夫开始了他的寓言创作。40 岁时，克雷洛夫出版了他的第一部寓言集。两年后，克雷洛夫出版了第二部寓言集。61 岁时，克雷洛夫出版了新寓言集（插图版）。在克雷洛夫的创作生涯中，他一共写了 203 篇寓言。

1844 年 11 月 5 日，克雷洛夫去世，享年 75 岁。一生酷爱书籍、善良风趣的克雷洛夫，在临终前也不忘和这个世界开开“玩笑”。在 1844 年 11 月 9 日，即克雷洛夫出殡的那天，彼得堡有 1000 多名居民都收到一个包裹，里面装着新出版的《克雷洛夫寓言》九卷集。可以想象，当时人们收到这个包裹时脸上惊讶的表情：克雷洛夫不是死了吗？克雷洛夫还活着？

当然，克雷洛夫还活着，他一直活在读者的心里。

普希金与书刊检查官

人民文学出版社于1996年出版的《普希金诗选》，被我评为“味道最香的书”。

这类书可以说是书房中的“香水”（很庆幸我当时买了“两瓶”），它们无时无刻不在向周边散发着书香，它们的香气来自最纯正的木材与油墨，哪怕是最新版的《普希金全集》，恐怕也未必有这样的味道。

眼下我正闻着它，820页的厚度，足够我的拇指在书口处长时间缓慢移动，享受书页翻动所带来的拂面清风与醉人书香。

在过去的某个时刻，也曾有人这样翻阅着普希金的诗稿，却是带着躁动的心情，他们怀疑一切，认为字里行间都隐藏着“毒物”，无论多么有趣的读物都不会给他们的“阅读”带来任何的愉悦，相反，只有当他们动用到手上的笔，将某些段落或词汇一笔勾销、涂黑抹匀时，他们才感到些许安慰，甚至是一种莫名的“成就感”。

他们就是普希金时代“胆小而蠢笨”的书刊检查官。他们手执黑笔，将书刊涂抹得面目全非，如果有人问及被涂抹的地方原来都写了些什么，估计书刊检查官也只能双手一摊，耸耸肩膀，然后继续他们的忙碌，还有堆积如山的书刊正等待着他们去攀登，没有助力的拐杖，只有粗笔一杆。

在这本《普希金诗选》封面上，张守义先生用一条首尾相连的线，仅一笔就生动地勾勒出了普希金的面部轮廓，可谓一绝。

同样，普希金也只通过两首诗（《寄语书刊检查官》《再次寄语书刊检查官》），就将书刊检查官及其继任者的形象呈现在我们眼前，并将他们永久地留在了历史的画册中。

奥威尔和旧书店

如果有人统计一下，有哪些作家曾经在书店工作过，应该是很有趣的。

在《政治与文学》一书中，《书店忆旧》一文因写作时间最早（1936 年）而幸运地排在第一位。因此，我在亚马逊“在线试读”所提供的为数不多的页面中得以看完全篇，并随即下了订单，这本书的编排非常合我的口味。

奥威尔，这位曾经在书店工作过的作家，令人倍感亲切。那是一家名为“爱书人之角”的旧书店，位于伦敦汉普斯蒂德。在书店工作期间，奥威尔每天 8 点 45 分下楼给书店开门（前几个月他就住在书店楼上 4 层），然后在店里待到 9 点 45 分，下午 2 点到 6 点半在书店工作。

在文中奥威尔夸大了书店“糟糕”的一面，比如想买一本有趣的书却想不起书名的老妇人，订购大量书籍却未如约前来付款取书的顾客，还有需要经常搬来搬去的书，书散发出的灰尘，书店的沉闷，书顶的死青蝇，等等。

但有一点奥威尔并没有夸大，即职业书店店员这个工作，会使一个爱书人逐渐丧失对书籍的爱好。因此，虽然书店老板待人不错，在书店也曾有过一段快乐时光，但奥威尔不愿意成为一个职业书店店员。

奥威尔说："有一段时间，我非常爱书——我喜欢看见书、闻到书、摸到书。可是，我一到书店上班，就丧失了对书籍的爱好，不再买书了。"

奥威尔说的是大实话。在书店工作的15个月，使奥威尔对书籍产生了一种"厌烦"心理。也许只有回到"顾客"的优雅身份，不再以书店店员的姿态出现在书的面前，他才能重新找回对书籍的热爱。

杜兰特的“人之书”

在威尔·杜兰特眼里，书架上摆放的，不仅仅是“书”，更是“人之书”。他重视“人”在历史中的价值，主张“毫无顾忌的英雄崇拜”，他甚至以开阔的眼界，挑选出了10位最伟大的思想家、10位最伟大的诗人（这无疑需要足够的勇气），以及100本最好的教育类书籍，并总结出人类进步的10大飞跃、历史上的12个重要时刻。

当你捧起一本书，实际上，你唤醒了一个“人”，这个“人”也许和你在同一个时代，也许来自遥远的时代，但是，通过书籍这个渠道，你叩响了他的门，他不会让你久等，也不会让你吃闭门羹，他会马上起身为你开启通向智慧之门。

因此，杜兰特这样赞颂书籍：“当生活变得苦涩，友谊从身边溜走，孩童也不再相伴我们左右，我们还可以与莎士比亚和歌德一起坐在桌边，和拉伯雷一起嘲笑世界，和济慈一起欣赏秋日的美丽……”要记住，只要你和书在一起，你就绝不是孤独的。

望着拥挤的书房，有时我会想象这样的场景：在某一时刻，书房里所有的书都变成了“人”，这就像他们当初从“人”变为书一样的自然。他们不嫌弃空间的狭小，相反，他们激动地聊着天，诉说着彼此的仰慕，探寻着未知的答案。我认得他们每一个人的容貌，但他们不认得我，尽管他们一直在书架上望着我。

杜兰特也有过这样的感受吗？我不知道。但是杜兰特曾这样说过："这是一些向我们奉献了最好事物的忠实朋友，他们从不要求回报，却永远等待我们的召唤。只要我们和他们一起行走片刻，静静聆听他们的讲述，我们的虚弱就可以被治愈，我们也就能真正感受到互相理解之后内心的平静。"

一本书就是这样的一个"人"，他是如此强大，又是如此平静。认识到这一点是非常重要的，读者将怀着更加崇敬的心情阅读一本书，因为，他们必须认真对待一个向自己敞开心扉的人；出版方也将更加细致负责地制作一本书，因为，他们必须对这个"人"的生命负责。

来吧，显克维奇

2013 年 10 月底，京东商城图书频道推出的“人民文学出版社 200−100”专场中，16 开精装八卷本《显克维奇选集》在本已低至 3.7 折的基础上又减去 100 元，仅需 110.30 元。着实令人感叹唏嘘，这哪里是在卖书啊。

我之前曾在较高价位购入一套《显克维奇选集》，但这并不影响我在低价时再买一套，我只犹豫了一秒就下了单，现在，我有点后悔没多买两套。

这套于 2011 年 12 月出版、印数仅 2000 套的选集，很快被抢购一空，有的读者甚至买了不止一套（估计不是“复本癖”患者就是旧书商）。可见，大多数读者对显克维奇的热爱一直被书价这道门槛阻拦着，或者说，他们一直在等待一个更有利的时机。这个时机终于到来了，在低价促销中，显克维奇热潮快速传播到各地。

有人认为显克维奇的时代已经过去，但是，只要回顾一下他的一些短篇小说，就会发现情况并非如此。显克维奇的短篇小说给读者留下了深刻印象，特别是《音乐迷杨科》，这是多数读者都非常喜欢的篇目。

如果家有琴童，那么这个故事非常适合读给孩子听。应该让孩子们知道，曾经有一个叫杨科的孩子，他那么喜欢音乐，却没有一把属于自己的小提琴，他用薄木板和马尾给自己做了一把“小提琴”，虽然这把“小提琴”只能发出苍蝇和蚊子般的声音，但杨科仍旧从早到晚拉着。有一晚，杨科忍不住伸手去摸一把真正的小提琴，却被当成小偷遭到巡夜人的毒打……临死前，杨科问母亲：“妈妈，到了天堂，上帝会给我一把真正的小提琴吗？”

我想，在上帝眼中，杨科一定是一把非常完美的小提琴，杨科用薄木板演奏的音乐，是那么动听。只不过，这把“杨科牌小提琴”不幸落到了不懂音乐的巡夜人手中，被摔得粉碎……

郑振铎“泡图书馆”

作为一个爱书之人，每每看到一些由于年代久远且没有再版的书籍，便不由得望洋兴叹。世界上的书，难以企及的是那么多，有的甚至连书影都未曾见过，不能不说是一个遗憾。

而早在 1927 年，郑振铎就漂洋过海到了欧洲，并留下一部《欧行日记》，记下了此次欧行的心迹与足迹。

郑振铎在 1927 年 5 月 21 日的日记中提及此次欧行的几点希望：一是希望专注于文学研究；二是希望在国外清静的环境里创作几部小说；三是希望能走遍各国大图书馆，遍阅其中之奇书及中国所罕见的书籍，如小说、戏曲之类；四是希望多游历欧洲名胜古迹，修养身心。

这四点希望，虽然显得奢侈了些，但是对于热爱书籍的郑振铎来说，第三点还是要保证的。

到了巴黎，刚歇下脚，6 月 29 日一早，郑振铎和友人便来到巴黎国立图书馆办理阅览手续。然后，开始了“泡图书馆”的日子。有时，郑振铎起得很早，早餐后就去图书馆，因为看书看得起劲，甚至忘了吃午饭。

可见，为了看书而废寝忘食，是书痴的共同特征。要让一个书痴起身放下书去吃顿饭，往往是需要三请五请或“三令五申”的，饭菜也需要热个几回。而要让一个书痴放下书去睡个觉，也是非常不容易的。书痴似乎活在另一个维度里，在那里，没有人间烟火，只有书香四溢，书痴只要闻着书香就饱了，只要抱着书就是最好的休憩。

看郑振铎的《欧行日记》，印象中的巴黎几乎不是阴就是雨，少有天气大好的晴天。有时上午还是晴天，下午就转阴了；有时上午阴天，下午放晴；有时早上阴天，下午下雨，傍晚雷雨大作……真是令人捉摸不定。

不过，风雨丝毫没有减少郑振铎读书的热望，他甚至觉得，是“雨丝风片，沿途送了我到（巴黎）国立图书馆”，这样的心境，爱书人大概都能够体会，没有什么能阻挡一颗爱书的心。

郑振铎“三十而立志”

1927年11月30日，是郑振铎离开中国的第192天。这一天是郑振铎的30岁生日。在离国思乡的日子里，面对“人生的中途”，郑振铎不禁发出感叹，并在本应“三十而立”的日子里，转而“立志”，为自己列出了八个注意事项——

1. 读书毋草率；每读一书必一页页读过。随有所见，即作札记。
2. 当日事当日即做。
3. 毋游惰费时。
4. 毋逞妄想。
5. 做事读书，须有秩序。
6. 每天须用功言语，英、法或德。
7. 做文须先熟思，做毕要改。
8. 不做非本行之文。

郑振铎所列出的这八个注意事项，对于今天的青年学子和广大爱书人也是非常有益的。

看到郑振铎在30岁这天的日记里感叹“人生半途”，又想起他在60岁那一年因飞机失事殉难，不禁唏嘘。

伍

一张旧书单

《打赌》的两种版本

在《契诃夫小说全集》中，《打赌》是我最为珍视的一篇小说。这篇小说甚至已成为我衡量契诃夫小说选本编选水平的重要参照。每次看到新选本，我总要打开目录看看是否选录《打赌》。

通过选本，我们看到银行家正为即将失去的财富而陷入深深的悔恨与回忆之中，从银行家的回忆中，我们看到法学家 15 年来的囚徒生活与阅读经历。当银行家从回忆中走出，他已经决定为挽救自己的破产与出丑做点什么，他是那么自私，甚至想要置法学家于死地。但法学家破坏契约、放弃权利的决定又使银行家泪流满面，他甚至开始蔑视自己。

与《布瓦尔和佩库歇》一样，这篇小说中最精彩的部分同样是有关阅读的段落，虽然这些文字只是作为概述，而没有具体展开，但这并不影响它的迷人程度。

应该注意的是，通过选本，我们看到的是《打赌》经过契诃夫修改的版本，它最初的面貌并非如此，甚至可以说是大相径庭。

这篇小说原名为《童话》，原文第三章在修改时被删掉。在被删掉的第三章中，我们看到，由于法学家的豁达，银行家得以保有自己的财富，他继续过着优越的生活，举办晚会，高朋满座，谈着有趣的话题。当他们谈及“一个正常人是否可能舍弃百万家财”时，银行家依旧是那么冲动，头脑发昏，他又和一个财主打起赌来，赌注一下就是300万（他甚至后悔自己没有赌500万），他以为自己赢定了，因为证据就锁在他的保险柜里。但是，就在银行家准备去拿证据赢取赌局时，法学家来到银行家门前，他向银行家承认自己的过错，请求银行家原谅，并希望银行家能够给他10万或者20万。法学家的出现，使银行家在新的赌局中破产。

也就是说，法学家在15年阅读时光中建立起的“精神王国”，在第三章法学家跪倒在地的同时，轰然坍塌了。幸运的是，契诃夫的编辑和其他人都抱怨这篇童话“不好懂”，给人留下“赞扬金钱”的印象，这与前面两章是难以统一的，甚至是不合逻辑的。试想，一个为了金钱可以剥夺别人生命的银行家，在未将保险柜中的证据公之于众的情况下，怎么可能承认自己输了？怎么可能那么爽快就答应法学家的请求？按他的性格，他完全可以不承认他认识眼前这个脸色苍白的可怜虫。要记得，为了保有财富，银行家可以做出任何事情，更何况一切还对他有利。

后来，契诃夫也对这个结尾很不满意，他果断删掉了这个多余的结尾（尽管这个结尾篇幅不小），只添上两三行算是新的结尾，于是，一篇带给读者无限想象空间与心灵慰藉的小说诞生了。

“囚徒”的时间

从1870年11月14日晚间12点起到1885年11月14日晚间12点止，这是法学家为赢取赌注必须付出的时间或者说代价。然而，从另一个角度来讲，这也是法学家通过打赌所赢得的赌注之外的东西，换句话说，他并没有因为打赌而失去这15年的宝贵时间，只不过，他失去了原本可以利用这些时间从事其他事务的自由支配权利。在这15年里，他与这个世界不再有直接的联系。可以说，银行家成了他最亲的人，这一点，从他给银行家的信中可以看出。

从文本中，我们看到，法学家成为“囚徒”后，似乎没有任何亲人，也没有任何人来阻止他、探望他，将他从这个荒唐的赌局中解救出去。而且，只要他愿意放弃打赌，他和银行家之间便可达成共赢，银行家不需要冒着失去200万的风险，而他也可以走出囚室继续享受自由的时光，谁也没有损失什么，至多是成为银行家晚会上不断被提及的一个笑话，成为一个笑柄，仅此而已。

法学家为何会对一个荒唐而毫无意义的赌局如此执着？他想通过这个赌局得到或者说证明什么？在打赌刚开始时，银行家所提出的监禁时间不过是5年，是法学家自己冲动地将监禁时间从5年一下子提高到15年，双方都认为自己将赢得这个赌局，因此，赌局就这么顺理成章地成立了。

我们可以猜测，是法学家对自己的承受能力充满自信，也许在这之前，他就是如此孤独地度过了无数这样的时光，也许他从小就是在孤儿院度过的，5年的孤寂对他来说，算不了什么，10年15年，他都觉得完全有把握可以做到。另外，既然银行家愿意用200万做赌注，那又何乐而不为呢？为了回报银行家的慷慨，他甚至愿意以15年的囚徒生活来做赌注。

应该注意的是，自始至终，银行家通过打赌，所获得的东西，都是如此之少，他能得到什么呢？他并没有要求法学家什么，即便法学家随时提出放弃，他也不会反过来追索什么，他要的不是钱，也不是为了剥夺法学家的自由，可以说，他所能得到的不过是一时的口快罢了。用200万的巨款以及宝贵的5年时间，来吓住在场的客人，获得一点居高临下的快乐，仅此而已。然而，他万万没有想到，竟然真的会有人愿意为此付出15年的光阴。

法学家如愿以偿。他搬到银行家花园的一间小屋，开始了自己的囚徒生活。一开始总会有些不适应，第一年，他非常烦闷，非常痛苦，有点像刚开始戒除某种毒瘾，是与世俗生活的剥离，是对肉体欲望的彻底清除，只要完成这一步，他便可以心平气和地度过余下的监禁时光。

对于囚徒来说，他需要不断从书中以及音乐中得到慰藉，才不至于发疯。虽然身体被囚于一室，但精神却可以自由地游历于幻想王国，他可以借由精神的力量，为自己建造起一座大于囚室数万倍的精神宫殿。

从囚徒放弃赌注的声明中，我们可以看到，15年来，他从书中所获得的慰藉是如此之多——在书里，他喝着芬芳的葡萄酒，唱着歌，追逐过鹿群与野猪，爱过女人……在书里，他创造奇迹，行凶杀人，烧毁城市，宣扬新宗教，征服整个王国……可以说，在通过书籍所创造出的世界里，他就是唯一的主宰。书给了他慰藉，给了他智慧，给了他幸福，然而，在15年的修炼中，他的精神境界上升到如此之高，以致最终看透了这个世界，他开始藐视人世间的事物，他不再对赌注感兴趣，为此，他愿意放弃即将到手的200万，与已经获得的15年的阅读时光相比，这200万又算得了什么？

当布瓦尔遇见佩库歇

两位抄写员在大街上相遇，这个场景设置多少有些随意，但是除此之外，还能怎么设计安排呢？

应该感谢帽子？如果不是“在帽子里写上自己名字”这个共同点，两位陌生人恐怕不会轻易向对方开口。随后的一切，就像帽子里变戏法似的，源源不断、自然而然地来了，因此，帽子是必不可少的。

他们中一位是鳏夫，而且没有孩子；一位是单身汉——这几乎是必需的，这一点，只要举出克尔凯郭尔这个例子就足够了，克尔凯郭尔于1840年订婚，1841年解除婚约，并开始他的创作。

可以说，自从他们相遇之后，他们之间的吸引力就开始起作用，他们想各自走开，却迈不开步子。好吧，那就一起吃顿晚饭，再一起喝杯咖啡。但是，夜幕也没能把这两个人分开。他们像是生来就注定要相遇的两个人。

他们开始一起探究这个世界，他们开始厌烦自己的职业，他们甚至想变成广场上的骗子，或者拾破烂的。可是，为了谋生，谁也无法摆脱自己厌恶的职业。

“绝无摆脱的途径！甚至毫无希望！”不过，命运总是这样，在你觉得最无望的时候，突然出现转机。布瓦尔收到一封信，他晕了过去，醒过来之后，一口气跑去找佩库歇。

布瓦尔的生父去世了，布瓦尔这个非婚生子将得到法律规定的那部分财产。当布瓦尔有把握拿到遗产时，他马上辞去了那份该死的誊写工作。布瓦尔提议到乡下去隐居，但佩库歇不愿靠布瓦尔养活，他还有两年就退休了，因此，他希望布瓦尔再等两年。

为了让两位抄写员能够实现他们的梦想，设置这样的情节也是必需的，无疑是让他们摆脱命运的最佳途径。这情境与克尔凯郭尔也有几分相似，1838 年克尔凯郭尔的父亲去世，父亲留下的遗产使他不必为生计奔波，一位哲学家就此诞生。

两年后，两位抄写员在乡下农庄里过上了体面的生活，他们不必再为生计奔波，可以专心探索未知的一切。他们担心的不再是金钱，而是如何保持对事物的好奇心，以往枯燥乏味的誊写工作居然没能把他们的好奇心抹除，真是万幸。或者说，正是枯燥乏味的工作，使他们紧紧地抓住了对事物的好奇，唯有如此，他们才能觉得生活依旧有希望，才能保持一种最终能够摆脱命运羁绊的向往。

从这里开始，读者们（特别是中文读者）可以把目光转向书中的书名号，看看这两位抄写员（其实应该是三位）为了探寻这个世界都读了哪些书。同时，不妨把书单抄下来，数一数，到底有多少本。

这无疑是这部小说最吸引人的地方，这部广义小说所涉及的领域是如此之广，以至于只要他们不停止阅读和记录，这部小说就不会有终止，即使终止也仍旧未完成。

福楼拜一边写一边读，一边读一边写，他一定非常痛恨这个过程，因为这逼迫他不断地放下笔停下来读书；他一定非常享受这个过程，因为这样的写作，无疑促使他去读更多的书，获得更多快乐的知识，还有什么比这样的“鞭策”更有力、更持久？

福楼拜为写作这本书做了大量的准备工作，阅读相关书籍，做读书笔记，付出了巨大的精力。这也正符合福楼拜“艺术至上”的理念，他认为，对艺术家来说，只有一条信念，那就是为艺术牺牲一切，人生对他来说只是一种手段，他第一个要奴役的人，就是他自己。

这本书的创作过程之艰辛，在福楼拜的书信中也得到了充分体现。

1877 年 12 月，福楼拜在致伊万·屠格涅夫的信中写道：“我在拼命干，不断开垦，活像个‘女黑奴’！有时，我觉得被这部作品压得喘不过气来……我还得读许多书。再过两周，可以写好三分之一了。——还得付出三年的艰苦劳动。”

1878 年 8 月，福楼拜在致莫泊桑的信中写道：“进展缓慢，正准备写政治那一章，所有的笔记差不多已做。一个月来，没干别的事，希望再过半月可以动手写起来，这是一部什么样的著作啊！至于想让大众去读，就这么一本书来说，无疑是异想天开！”

1879 年 12 月，福楼拜在给甥女卡罗琳的信中写道：“坦率地讲，我已没有力量再写了。”他一想起这本书的前景，就感到十分害怕。

1880 年 1 月，福楼拜这样写道："为了我这两位高贵的朋友，你知道我得通读多少本书吗？1500 多本！"这像是在抱怨，更像是对自己劳动成果的"炫耀"。

1880 年 2 月，福楼拜在致莫泊桑的信中写道："我真是读书读得很累了，可怜的眼睛已经受不了啦。我在动手写最后一章之前，还得看一打左右的各色著作……"

1880 年 4 月，福楼拜在致伊万·屠格涅夫的信中写道："我的书应当结束了，不然，就是我的生命应当结束了。"可以说，这本书已经和福楼拜的生命紧紧地联系在一起。

也许是一语成谶，这本书没能结束，手稿在第 10 章终止，而福楼拜则不幸于 1880 年 5 月 8 日突发脑出血去世。如果天假以年，哪怕再给福楼拜半年的时间，也许，他能够按自己的计划完成这部作品。

在福楼拜遗留的档案中，人们发现了最后两章的大纲，其中第 11 章包括一部《庸见词典》（李健吾将之译为《入世语录》——"一种滑稽的批评的百科全书"），后由研究者编辑出版。而第 12 章的结局，福楼拜也已拟定：在经历了种种挫折后，两位抄写员心灰意懒，为了打发日子，他们让木匠做了一张双面的书桌，重新干起誊写的行当，只不过，他们不再抄写公文，而是记录下他们听到的、读到的、遇到的一切。

记得曾有一位作者，说起他的某本新书是在阅读某部哲学著作的同时写下的，立即引来一番恭维，表示在这部哲学著作影响下写出的作品，一定非常值得期待。我举这个例子，主要是想说明，福楼拜为了写这部广义小说耗费了 8 年时间，阅读了 1500 多本书，做了大量笔记，这难道不是更加值得后世读者期待与赞赏吗？

爱书人的圣经

究竟哪本书真正称得上“爱书人的圣经”？

也许刚看完《查令十字街84号》的书籍或电影，你会觉得这本书确实称得上“爱书人的圣经”。但是，当你看了纽顿的《藏书之爱》，你又会觉得，这也是“爱书人的圣经”啊，而且这本书的版本也多，有麦田出版社2004年11月版和2011年9月的再版，重庆大学出版社2005年版，浙江大学出版社2011年8月出版的三卷本。《藏书之爱》从厚度上来看，也与《圣经》相当。特别是麦田版，装帧设计精美，令人爱不释手。这三个版本都值得收藏。

正如卡尔维诺所说，“每当男人在两个女性面前感到犹豫不决时，总会邂逅第三个”。正当我为两本书究竟哪一本更适合“爱书人的圣经”这一称号而纠结时，我遇到了伯利主教的《书之爱》，我毫不犹豫地把“爱书人的圣经”这一光荣称号颁给了这本仅有100多页的小册子。

这本小册子有两种版本，均出自辽宁教育出版社，一种是2000年1月出版的36开本，仅160页；一种是同年6月再版的

64开本，列入“爱书人俱乐部会员版系列丛书”出版，改用牛皮纸封面，开本更小，仅120页，属于那种可以插进上衣口袋的小书，目前市面上已罕见这种开本的书籍。

我一遍又一遍地读着这本小书，深深感到，这本书虽然小，却仿佛博尔赫斯笔下的“沙之书”，所不同的是，“沙之书”是一部有无穷无尽页数的书，而《书之爱》（特指64开本，这本书我目前搜集的复本已达三位数，是我的随身书籍），虽然页数有限，却包含着无穷无尽的含义。

在这本书面前，我感到很失落，因为它看起来是那么小，却又是那么大，如果我有“嗜纸癖”，这本书一定是最好吃的小甜点，我一口就能吃掉它，比起那些大部头要好吃得多，但是，对于这本书，我是看完一遍，再看另一遍。

伯利主教的《书之爱》，无疑是最当之无愧的“爱书人的圣经”。那么，另外两本书怎么办？没关系，我早已想好了名目，只要稍做修改，就能很好地解决这一问题。现在，我谨代表广大爱书人，特别颁予《书之爱》“爱书人的圣经”称号，颁予《藏书之爱》“爱书人的藏书圣经”称号，颁予《查令十字街84号》“爱书人的爱情圣经”称号。

《书之爱》在中国

作为“爱书人的圣经”，《书之爱》这本小书在中国的境遇如何？

2000年1月出版的36开本，印数4000册；2000年6月再版的64开本，印数3000册。目前这两个版本还可以在旧书网找到。

这本书在爱书人中获得了很高的评价。

有的读者说：“一位几百年前大主教的书，要是做得再古朴一点，更像是与古人对话。”确实如此。这本书完全可以做成精装本，开本不变，方便读者随身携带阅读，感受来自书籍的力量。

有的读者说：“薄薄百来页，却玩味无穷。小开本的书籍总是惹人怜爱。”不得不说，现在的书，开本越做越大，越来越不适合随身携带，这对于阅读的推广是不利的，读者对小开本书籍的需求，应该得到出版界的重视。

有的读者说：“这是爱书人必读的一本好书，其英文版可在网上下载，也可通过英美网上书店邮购。”对于一本好书，对照阅读不同版本，收获自然更多。

有的读者说：“这本书是对书的至高礼赞，作者可以说是

‘书痴之王’，其爱书的境界令人敬佩，同时令人反思自己对书的态度。”在这本书中，你会听到一首优美的“书的礼赞”，同时，你也会听到书籍对拥有者及战争等的控诉，这样的声音，一定会引发你的思考。

身边的书友说：“这是我看到的关于读书主题开本最小的书，但很可爱，内容也很耐读。”在这里，书友用了“可爱”一词来形容这本小书，是非常贴切的，这本书只有巴掌那么大，将这本小书放在你的手中，你会感受到“书之爱”及“书之可爱”。

还有读者对这本书相见恨晚，发出了这样的感叹：“64 开本，好小好小，对于一个 50 岁的人来说，需要用放大镜才能阅读，很好玩。如果再早 30 年能读到这样的书就好了。”

是啊，如果能再早 30 年，在人生最美好的年华里，遇到这样一本既有趣又有益的书，该多好！

你看，这就是《书之爱》在中国读者中所受到的礼遇，人们热爱它，收藏它，阅读它，尽管它的印数只有 7000 册，但是，我相信，会有越来越多的读者认识到这本书的力量，并让“书之爱”充满自己的心房，将这种爱传遍四方。

嗜书如命的大主教

理查德·德·伯利，1287年出生于英格兰萨福克贝里圣埃德蒙兹，1345年在英格兰去世。原名理查德·昂格维尔。英格兰学者、外交家、达勒姆主教、著名藏书家。

伯利早年即对书籍感兴趣。为英格兰王爱德华三世出使欧洲期间，曾从隐修院的缮写室、图书馆和书商等处搜集书籍。1333年，伯利任达勒姆主教，因而更有搜集书籍的机会。

其颂扬书籍的论文《爱书说》（又译为《书之爱》）于1345年写成，1473年首次在德国科隆印行，后来有多种译本和版本。

伯利曾计划在牛津大学设立学院，并拟捐赠其拥有的1500多册藏书的图书馆。然而，由于他死时负债累累，其藏书只得拍卖。

可以说，伯利的一生是“为书籍的一生”，他被视为英国文学史上的重要奠基人物，现代英语图书馆的创始人，西方“书话”的开创者，当然，他还是《不列颠百科全书》中不可或缺的一个词条。

现有的中文版《书之爱》，于2000年1月由辽宁教育出版社出版，译者为肖瑗，所依据的底本为1902年英文版，即E.C.托马斯编辑和翻译的版本，是经过认真检查的正确版本。

将这本小书放在手心中把玩，我深深体验到扉页上所引用的那段话的含义：“将一本书放在你的手中，就像公正的西门将幼小的基督搂在臂中，拥抱他，亲吻他。当你读完之后，合上书，为所读到的每一个发自上帝之口的词句而感谢他；因为在主的领地中你找到了隐藏的珍宝。”

这是一本神奇的书。在600多年后的今天，依然有人在树荫下安静地阅读这本小书，为所读到的每一个词句而心怀感恩，为内心所收获的珍宝而激动不已。

在本书中，伯利对带给我们无限慰藉的书籍，报以热烈的赞扬，他认为“智慧的财富主要寓于书籍中”，书籍的影响力、价值都是无可估量的，它是世间最珍贵的财富。

它不能用物质来进行衡量——“与它相比，珠宝变得毫无价值，白银变成了泥土，纯金也成为小沙粒。”

它甚至凌驾于万物之上——“在它的光彩中，太阳和月亮变得黯淡；与它所带来的奇妙的甜蜜相比，蜂蜜和琼浆也有了苦味。”

它是如此亲切、慷慨、开明——“书籍是没有教杆或戒尺的教师，它不愠不怒，从不求物质的报酬。你拜访时，他们不会睡着；你询问时，他们也不会取笑你的无知。”

它是所有的一切——“是活水之源，是生命中最丰富的乳汁，是最富足的谷仓，是生命之树和伊甸园的四重河流，是诺亚方舟，是雅各梦中的天梯，是从不枯萎的无花果树，是永远明亮的燃烧的火炬……”

这是对书的至高礼赞，我想，再没有比这更优美的赞美诗了。

伯利甚至认为："所有可与圣经相提并论的，只有书籍。任何人如果声称热衷于真理、幸福和智慧或知识，甚至是信仰，都必须首先成为一个挚爱书籍之人。"

接着，我们看到书籍站上了教堂的高坛，发表了对神职人员、拥有者、托钵僧及战争的"四大控诉"，控诉了所遭受的冷遇、伤害、折磨、侵占、假冒、放逐、毁灭、背叛和灾难……

这是声泪俱下的抱怨与控诉，也是书籍对读者的劝勉，意在使人们迷途知返，悔悟自己的懒散和无所事事，更加勤奋地将时间用于读书和学习。

这是书籍对战争发出的控诉，因为战争，书籍被驱散，被随意删改，被伤害，被丑化变形，被埋葬，被淹没，被大火吞噬，被多种多样的死亡方式所销毁。

在这里，伯利由书籍的赞美者化身为书籍本身，从书籍的角度，进行叙述，这无疑是相当独特的方式，令人感同身受。看到这里，爱书人怎能不为书籍的命运而痛心疾首？怎能不更加热爱与自己朝夕相伴的书籍？

在书籍的"四大控诉"结束后，教坛下的我们终于可以稍稍平复一下心情，听伯利讲述有关书籍的故事——"书籍的收藏""书籍的古与今""书籍之完善""人文之书与法律之书""语法书之重要""书籍之寓言"。

在第 14 章，伯利把叙述角度转向"酷爱书籍的人"。他认为，书籍是一种对抗所有邪恶的手段，阅读和使用书籍是人类灵魂日常的健康滋养，应当以永恒的敬重来对待书籍。

“爱书的益处”是不言而喻的，这也是为什么所有倾情于书籍的人都不看重物质生活和财富，而且一个人也不可能既情系书籍又钟爱金钱。也许你会指出许多实例来反驳这一点，但是，我更愿意把这两者看成是“非此即彼”的两个对立面。

对于爱书人来说，书籍无疑是一种永恒的信仰，在精神世界里，借由书籍这种信仰，他们永远不会迷失方向。伯利也指出了“信仰”与“书籍”之间的关系：“信仰由书籍之力量而建立；希望由其带来的慰藉而加强。”

“书籍是幸福时期的欢乐，痛苦时期的慰藉。”我想，伯利的这句话应该成为所有爱书人的座右铭。书籍带给人的是如此之多，在书籍的帮助下，我们还居住在人间时，就已经获得了天福的报偿；而人所能回报书籍的又是如此之少。

在第 16 章，伯利对“新书”予以称赞。因为制作新书意味着使书获得永生。在一本书遵循自然规律“死去”之后，还可以像种子一样，通过一种自然的合法继承，重新生长出来，就像一本书从未“死去”一样。现代出版业也是如此，辛劳的出版人不断挖掘着那些被岁月、尘埃埋没的人与书，通过制作“新书”，使那些人、那些书获得新生。

在第 17 章至 19 章，伯利对书籍之保管、收益、出借方式等规则进行了论述。在第 20 章，伯利激励未来的学者们以祈祷作为报答，补偿其为了他们的利益以精神的果报做出的深谋远虑。

合上这本小书，我感到，这确实是 20 堂内容丰富的讲座。

如果换成现在，我想，伯利的这 20 堂讲座，将很可能以其他面貌出现，比如说《伯利：20 次非演讲》，或者《让你爱上书籍的 20 堂课》等。对于现在的出版业来说，没有什么书名是不可能的。但是它仍旧以《书之爱》的面貌出现，对此，爱书人确实应该心怀感激。

伯利的帮助

伯利在谈到“书籍之价值”时曾说：“如果并不缺少所需要的这笔钱，那么，书籍价格之昂贵不应阻拦人们买书，除非由于对售书者之怨恨或等待一个更有利的时机。”

目前的状况是，阻止和促进人们买书的，恰恰正是这个“更有利的时机”。如网络书店一年到头密集的促销时点，因为这些“时点”的存在，人们持币观望；因为这些“时点”的到来，人们倾其所有。在此同时，也导致了“对售书者的怨恨”与对促销力度的永不满足。

这无疑是一个恶性循环，使买书这一行为成为一种外界刺激下的“条件反射”，而不是发自内心需要的即时满足。

当你的内心对某一本书产生渴望时，本应该马上去满足内心的需要。但是，出于价格方面的考虑，你会想再等等，因为某个促销时点很快就会到来。然而，有些书现在不买，也许一辈子都不会买了，或者由于遗忘而错过，或者由于缺货而错过。

书籍的价值是难以衡量的，可惜的是，书籍的价值又不得不通过价格来衡量。但是，不管一本书有多贵，“当你买到其无限好处时，又怎么能说价格昂贵呢？”面对伯利的诘问，我无言以对。

不得不承认，有些书确实很贵，特别是进口原版书，有的一本书的价钱都够买一套中文版图书了。每当我面对一本昂贵的书而犹豫不决时，我的耳边就会响起伯利的那句诘问，然后迅速下单点击确认。我想，我应该感谢伯利的帮助，他让我更加注重书籍的价值而非价格。

我们都经历过物价高涨的时期，在那段时间里，书的价格同样不便宜，但是，那是一个“买原价书不眨眼”的年代，那是对知识以及智力劳动无限崇敬的年代。

每个人的书架上，总会有一些书，是在没有任何折扣的情况下购买的，虽然没有优惠，但读者买到了100%的满足，同时，也买到了书的尊严。

《书之爱》英文版

手头的《书之爱》英文版，是KESSINGER出版社出版的影印本，也是《书之爱》中译本所依据的E.C.托马斯编辑和翻译的版本。

影印本所依据的底本出版于1903年1月，为该书的第二版（第一版出版于1902年12月），底本来自哈佛大学图书馆，书上盖有“哈佛大学图书馆”的藏书章，盖章日期为“1939年7月5日”，印章下方还有一个签名“Arthur M. Gray”。

底本同样是64开的小册子。可以说，辽宁教育出版社2000年6月再版的64开版，实际上是复原了1903年英文版小巧精致的面貌。

影印本《书之爱》则为32开本，书页四周有大片留白，书中还有不少影印时产生的黑色线条。目录中，第1、3、4、8、16、17、18、19、20等章节前还有“√”符号。这大概是哈佛大学图书馆某位借阅者对重点章节或“已读”章节所做的记号吧。

作为特殊遗产影印系列之一种，我们无法苛求底本完美无瑕，毕竟经过100多年的岁月洗礼，一本64开小册子能够以完整的形态存留，就已经值得庆幸了。即使底本存在这样那样的瑕疵，在通过影印获得“新生”后，依然向我们呈现出了它的原貌，依然具有珍贵的价值。

与中文版不同的是，英文版注解全部置于书后，按章节进行排列。书末还附有索引，列出原文的《圣经》出处供读者参考阅读。

作为“爱书人的圣经”，《书之爱》与《圣经》的联系非常紧密，伯利主教在书中频频用典，可以说，我们“所读到的每一个词句”，都发自“上帝之口”。因此，根据注解与索引查找原文的《圣经》出处，对于进一步理解《书之爱》的内涵是非常有用的。

我期待着有一天，能有出版社推出《书之爱》的中英对照精装版（希望是小开本），让《书之爱》更加接近它的本真。

《书之爱》的另一种译法

我的口袋里总是装着《书之爱》（我将之视为区别于其他人的显著标志），每次工作的间歇，我都会不经意地摸摸口袋里的这本书，有时从洗手间到办公室这段非常短的路程，我也会抽出《书之爱》，快速读一读扉页上的那段引言，感受来自书籍的慰藉。如果时间允许我在阅览室稍做停留，我会选取最短小的章节，比如第 12 章《语法书之重要》，将全文仅有的两段文字读上一遍。

合上书，我为所读到的每一个词句而心存感激。我在心里对《书之爱》说："感谢你一直陪伴着我。"当然，《书之爱》能出现在我的口袋里，要感谢的人很多，比如，应该感谢出版这本书的辽宁教育出版社，感谢俞晓群社长独具慧眼引进这本书，感谢这本书的译者肖瑗女士，感谢找到这本书及其中文译者的沈昌文先生。

追根溯源，我想，还应该感谢沈昌文先生曾经热烈"追求"过的王强先生，如果不是王强先生撰文介绍《书之爱》这本"洋书"，引起了沈昌文先生的强烈兴趣，极力搜寻，最终在哥伦比亚大学图书馆发现了这本书并得到一个复印件，我们要看到《书之爱》中文版，不知还要经过多少时日。

王强先生是位爱书之人，而且他也曾出过一本名叫《书之爱》的书，与伯利的《书之爱》同名！可以说，伯利和王强之间是互为影响的关系——伯利的《书之爱》影响了王强的《书之爱》，王强的《书之爱》又直接影响了伯利的《书之爱》在中文世界的传播，在这种相互影响中，他们又共同影响了中文读者的“书之爱”。

多年来，有的读者甚至干脆就把王强的《书之爱》当成了伯利《书之爱》的另一种译本，这也难怪，它们实在太像了，而且王强又是英国语言文学学士，读者以为王强翻译了伯利的《书之爱》，也在情理之中。

王强的《书之爱》至今已有多个版本。第一个版本于 2000 年 1 月由世界知识出版社出版，第二个版本是 2006 年 5 月由台湾大块文化出版社出版的繁体字版，第三个版本于 2006 年 9 月由群言出版社出版，以上三个版本书名都是《书之爱》。

值得一提的是，2000 年 6 月，沈昌文先生曾撰文极力推荐这本书，他说：“在 2000 年 1 月，中国大地出现两本同名的《书之爱》，可见书之可爱了。这种爱法，用过去上海人的讲法，大概可说是‘爱得死脱’。对一个老书商说来，遇到如此盛况，真是情愿——‘死脱拉倒’！”

也许是为了与伯利的《书之爱》相区别，2012 年 11 月，这本书的第四个版本，由中信出版社出版时改名为《读书毁了我》，这次改名无疑是成功的，因为不少读者在拿到书后才发现，其实已经买过这本书，只不过书名不同。我暗自揣测，作者之所以同意或决定改书名，一来可能是为了区别于其他书，特别是伯利的书，二来可能是为了更“贴近”这个时代的语境，使这本书显得更加新颖。

不过，这一改名却又与2000年光明日报出版社出版的《读书毁了我》（琳莎·施瓦茨著）同名了。从《读书毁了我》的引言里，我们知道这个书名是编辑徐晓“藏在脑子里没舍得拿给别人用”的，而王强的文字刚好和这个书名“搭得上”。不论如何，冒着同名的风险，也可见作者与编辑对这个书名的偏爱。

王强先生在一次讲座中阐述了自己对这个书名的理解——读书的过程就好比一团泥逐渐成形，成了崭新的东西，“毁”字用在这个意义上，意味着读书将彻底摧毁你的旧我，过去的我，狭隘封闭的我，然后诞生一个崭新的、开阔的、阳光的我。在读书毫不留情地“毁”了你的同时，还给你的必是崭新的生命。

书如其名，《读书毁了我》这本书也在不断毁掉自己的“旧我”，仅2018年3月至8月间，这本书就推出了三个版本，从世纪文景版、牛津大学版到草鹭文化版，《读书毁了我》一次次以更加精美甚至令人惊艳的崭新形象，出现在读者眼前。

王强对搜书、读书、藏书的热情，与伯利是一脉相承的，虽然王强的《书之爱》已经改了名字，但我仍然固执地将这本书视为《书之爱》的另一种译法。

一段引语的三种译文

事实上，伯利《书之爱》扉页上的那段引语存在着两种中译文，一种是《书之爱》的译者肖瑗翻译的，另一种是王强在向国人引介伯利《书之爱》时所翻译的。如果再对照一下两种中译文所依据的E.C.托马斯的英译文，相信会给我们的阅读带来更多的乐趣。

“将一本书放在你的手中，就像公正的西门将幼小的基督搂在臂中，拥抱他，亲吻他。当你读完之后，合上书，为所读到的每一个发自上帝之口的词句而感谢他；因为在主的领地中你找到了隐藏的珍宝。”——肖瑗译

“将书拿在你的手中，就像义者西门那样将年幼的基督拥入自己的怀抱，护爱、亲吻他。当你将书读完，合上它，把你的恩谢奉给出自上帝之口的每一个字，因为在主的田地里你找到了隐秘的宝藏。”——王强译

“Take thou a book into thine hands as Simon the Just took the Child Jesus into his arms to carry him and kiss him. And when thou hast finished reading, close the book and give thanks for every word out of the mouth of God; because in the Lord's field thou hast found a hidden treasure." ——E. C. 托马斯译

两种中译文各有各的优点。总体来说，肖瑗的译文流畅自然，富有韵味，更符合中文语境；而王强的译文选词准确，译文直白，更忠实于英译文。

也许是先入为主，我更偏爱肖瑗的译文。虽然两种中译文只存在细微的差异，但这种差异却足以传达出不同的意境。

比如“将一本书放在你的手中”就比“将书拿在你的手中”传递出更多的信息，前者更像是一种“天赐”，是一种来自强大力量的“赐予”，我们双手举过头顶，恭敬地接过“书籍”这神圣之物。

“为所读到的每一个发自上帝之口的词句而感谢他”与“把你的恩谢奉给出自上帝之口的每一个字”则有了接受对象的区别，前者感谢的是将书籍放在我们手中的“他”；而后者感谢的则是书中的“每一个字”。

另外，“主的领地”也比“主的田地”更贴切。

一段引语的三种译文，已经足够令人玩味，假如《书之爱》能再多一个王强译本，甚至更多，那将是伯利的幸运，也是爱书人的眼福。

“监狱图书馆”

影印本能很好地保留文献的原始风貌。2013年，外文出版社两套影印本的出版，引起了许多读者的注意。

藏书家谢其章先生说：“今年只买了两套大书，即《胡适文存》《独秀文存》。”谢先生一年到头当然不止买这两套书，但是每年的出版物中能称得上“大书”的，自然也是不多。可见这两套影印本在藏书家心中的位置。

这两套书也已进入许多爱书人的书房，特别是在夜晚，手捧一卷文存，读上几篇，是非常惬意的。

在《独秀文存》卷二“随感录”中有一篇随感《研究室与监狱》，读后留下难以磨灭的印象——

“世界文明发源地有二：一是科学实验室，一是监狱。我们青年要立志出了研究室就入监狱，出了监狱就入研究室，这才是人生最高尚优美的生活。从这两处发生的文明，才是真文明，才是有生命有价值的文明。”

这样的文字，短小精悍，凌厉无比，动人心魄。难怪有读者评论说：“每次读《独秀文存》，都会感到身心振奋。”

“研究室”与“监狱”，这两个看上去截然不同的场所，在陈独秀眼中，却是两个互通的空间，仿佛随时可以切换，足见其无惧生死的豪情。

或者说，在研究室，就要有坐冷板凳甚至是自我囚禁的心态，否则，任何研究也难有结果；而在监狱，哪怕生死关头，也不能丧失科学研究的意志。

“研究室”自不必说，从古至今，“监狱”中产生的成果如果汇集起来，也足以建起一座颇具规模的“监狱图书馆”。

如波爱修斯在狱中写下以柏拉图思想为立论根据的名著《哲学的慰藉》。

康帕内拉在25年的囚禁生活中一直保持着一种罕见的意志力，《太阳城》便是在监狱中写下的。

王尔德在雷丁监狱写下“囚于铁窗锁链中的一封信”（即《自深深处》），出狱后创作了《雷丁监狱的歌》。

布哈林在监狱中度过了13个月，在狱中，他挤出时间撰写自传体小说《岁月》，历时四个月，平均每天写作2500字，完成了这部30万字的小说。

伏契克在监狱中写下《绞刑架下的报告》。

此外，还有几种同名的《狱中书简》——

如卢森堡的《狱中书简》，是在监狱中致友人书信的集结。不过，这些信不是秘密送出的，每一封都经过了监狱的检查。可想而知，她在写下每一个字之前，都必须考虑，这些内容是否能够通过检查。但这种“戴着镣铐的书写”，并不能遮挡这些书信的光芒。

葛兰西的《狱中书简》，收集了葛兰西从流放地和法西斯监狱写给亲友的书信，共计 456 封。

朋霍费尔的《狱中书简》，由朋霍费尔的好友在其遇难后整理出版，收录朋霍费尔在狱中写给亲友的书信、诗歌和杂感断简。

哈维尔的《狱中书简》，是哈维尔在狱中写给妻子奥尔嘉的信。

在监狱中诞生的作品，可谓不胜枚举。其中，波爱修斯的《哲学的慰藉》、朋霍费尔的《狱中书简》、哈维尔的《狱中书简》并称为“人类文明三大狱中书简”。

对于这个时代的爱书人来说，“监狱”的意义更在于一种“自我囚禁”，而最好的“囚室”，无疑是我们寸步难舍的书房。爱书人要立志出了书房就入书店，出了书店就入书房，这便是爱书人最高尚优美的生活。

救赎之书

提起“监狱图书馆”，我想起《肖申克的救赎》这部电影。

安迪在财经方面的能力，使他具有其他囚犯所没有的利用价值，他得以离开洗衣房，协助老布鲁克斯管理“监狱图书馆”。

老布鲁克斯带安迪熟悉图书馆的分类，有国家地理杂志、读者文摘、西部小说、展望杂志、悬疑小说，等等。后来，在安迪的努力下，图书馆得到扩建，成为最舒适的“监狱图书馆”。

值得一提的是，在这个最舒适的“监狱图书馆”里，竟然还有《基督山伯爵》这本书。在给新增的图书分类时，狱友拿起一本《基督山伯爵》，问安迪：“这本书是讲什么的，应该归入哪一类？”安迪说：“讲的是越狱的故事，你会喜欢的。”瑞德马上接口说道：“那应该放在教育类。”这样的幽默，令人忍俊不禁。

曾有观众对影片中的情节设置提出质疑：“为什么安迪不把岩锤藏在正在挖掘的隧道里，而是藏在《圣经》中？”这听起来似乎有点道理，但是，对于一个囚犯来说，这么重要的工具（对安迪来说，这意味着“希望”），确实应该放在离自己最近的地方，放在最危险也最安全的地方。

在监狱生活中，书籍带给安迪的慰藉是不言而喻的，他通过学习来充实自己的生活，他甚至帮助狱友在监狱中通过学习获得监狱外的文凭，他通过这一切使自己相信，哪怕再艰难的困境，也不能放弃“希望”。

特别是《圣经》，安迪深信，“得救之道”就在其中。

首先，是书籍对囚犯心灵的救赎。《圣经》“出埃及记”讲述的是犹太人逃出埃及的故事，这个故事一定给了安迪强大的精神力量。

其次，是隐藏在书中的岩锤对囚犯身体的救赎。安迪选择在“出埃及记”开始的地方将书籍掏空，将岩锤藏入其中。这样，每当打开这本书，他都将看到自己早已烂熟于心的章节，看到将带领自己逃出监狱的岩锤，虽然这是一个漫长的过程。

影片中，在一次“查房”结束后，典狱长将《圣经》还给安迪时对他说：“得救之道，就在其中。”典狱长曾经离那把岩锤那么近，幸运的是，他没有打开这本书。有谁会去怀疑一本《圣经》？这一切都使得这一情节的设置符合逻辑。

《哲学的慰藉》八种版本

身陷囹圄的波爱修斯失去了藏书的陪伴，但这并不能剥夺书籍给他带来的慰藉。书中的诗句依然存留在他的脑海中，他在痛苦的境遇中思索着人生的终极问题，最终，他在理性的光照中获得了至高的慰藉，在信仰中获得了自由。

波爱修斯在狱中写下的《哲学的慰藉》，被当代学者认为是仅次于《圣经》的书。这部作品在中文世界也受到了应有的重视，仅 2007 年至 2012 年间就出现了八个版本。

第一个版本于 2007 年由江西人民出版社出版，译者代国强。

第二个版本为“两希文明哲学经典译丛”之一，于 2008 年 12 月由中国社会科学出版社出版，译者朱东华。这个版本是扬布里柯《哲学规劝录》与波爱修斯《哲学的慰藉》的合集。

第三个版本于 2009 年 9 月由陕西师范大学出版社出版，译者贺国坤。

第四个版本于 2011 年 5 月由大象出版社列入“大象学术译丛”出版，是波埃修斯《神学论文五篇》与《哲学的安慰》的合集，译者王晓朝、陈越骅，作者名和书名的翻译与其他版本略有不同。

第五个版本于2011年11月由新世界出版社出版，译者范思哲。这个版本排版、插图都不错，而且是精装版。

第六个版本实际上是第三个版本（即贺国坤译本）的新版，于2012年8月由安徽人民出版社列入“时代阅读经典文库”出版。

第七个版本于2012年11月由商务印书馆列入“汉译世界学术名著丛书”出版，译者荣震华。这个版本是波爱修斯《神学论文集》与《哲学的慰藉》的合集，也是读者一直以来所期待的新版本。

第八个版本同样出版于2012年11月，但是这个版本比较“特别”，就像是朱自清的《欧游杂记》《伦敦杂记》等集子摇身一变成了《走吧，去欧洲》，成了一本“旅行畅销书”，令老读者一时间有点难以接受。

第一次看到《在死亡面前让我们谈谈人生》这本书，我还以为是哪个出版社推出了波爱修斯的其他著作，可是仔细一想，不对啊，这不还是“狱中书简”吗？这个版本似乎走的是《当我谈跑步时，我谈些什么》的“谈谈”路线，为什么不沿用《哲学的慰藉》这个书名呢？

除了书名不同外，这个版本也比其他版本多了一卷，全书共六卷，即“死亡卷”“财富卷”“幸福卷”“自由卷”“宽容卷”“人生卷”。同时，为了区分各卷，编者还为各卷加上了名称。

你看，短短六年时间，《哲学的慰藉》竟出现了八个中文版本，假如波爱修斯泉下有知，相信也会深感慰藉。

法里亚神甫的书单

在《基度山恩仇记》（我更喜欢“基督山伯爵”这个名字）这本书中，34号和27号囚徒的相遇，是最激动人心的时刻。在两个代号相遇时，它们恢复了各自的本来面目——爱德蒙和法里亚。

尽管面对四堵墙壁，仍然没有什么能让法里亚神甫停止思考，他甚至写下一部完整的著作《论在意大利建立统一君主政体的可能性》，写下他一生思索、研究的结果。可是，写作这样一部书，无疑需要更多的书的支持，这令爱德蒙万分不解。

法里亚神甫说：“在罗马的书房里，我有将近5000册书。我发现，其实只要有150本精选过的著作，就具备了一切有用的材料。我花了三年时间反复阅读这150本书，在监狱里，我只要略微回忆一下，便能完全回想起来。”

随后，法里亚神甫向爱德蒙列举了一串最重要的作家名单，他们是：修昔底德、色诺芬、普鲁塔克、提图斯、李维乌斯、塔西佗、斯特拉达、约南戴斯、但丁、蒙田、莎士比亚、斯宾诺莎、马基雅维利和博须埃。

我想，法里亚神甫一定拥有一个巨大的“仓库”，请注意，这还只是随意列举的一份名单。这份名单是激动人心的，这意味着只需要阅读 150 本书，便能够了解人类知识的完整概况。

在我们这个时代，一个人要拥有 5000 册书不是难事，在短期内他就能建立起这样一个书房，但难就难在这 5000 册书中，是否包含了那重要的“3%”，在披沙拣金后，是否还能留下 150 本最有价值的书。

从法里亚神甫提供的关键词中，复原出一份较为可靠的书单，结果会是见仁见智的。但不论如何，哪怕先从法里亚神甫列举的重要作家名单入手，也是非常有益的。

理想藏书

拥有一份理想的书单是必要的，特别是对书籍刚产生兴趣的青少年，一份理想的书单犹如一张珍贵的“藏宝图”，等待着他们去探索，去发现，去创造。

一个人终其一生也不可能拥有世界上所有的书，这并不意味着，他只能满足于有限的书籍。他对于自己的藏书是珍视的，但是，他的目光同样关注着那些未知领域中的“珍宝”。虽然不能遇见，但是不可不知。

在他有限的生命中，他很想知道，截至目前，世界上究竟有过多少种书籍（这个数字是不断增加的，永无止境），有多少人为此付出过努力，在他们为书籍的一生中都发生了怎样的故事？他必须知道这些，哪怕这些书对他来说，只能是一个个无法企及的书名。有些人，有些书，渐渐地占据他的书架，他们的面容渐渐清晰，他们的思想依然在闪光。

出版界早已注意到推荐书目的重要性。不论从阅读推广还是从图书发行的角度来看，一份理想的书单，其力量是强大的，而且是长久的。

1996年10月，光明日报出版社出版了《理想藏书》。2011年8月，世纪文景出版了经过修订、增补的《理想藏书》新版，装帧设计更加精美，书的封底印着一行字："藏书宛如一个世界。"

王小波曾说："一个人只拥有此生此世是不够的，他还应该拥有一个诗意的世界。"藏书，无疑就是这么一个诗意的世界，我们如此热爱的世界。

在书的腰封上还有这么一句话："从这里，通往书的天堂。"在这里，你可以建起书世界的"通天塔"，人类的群星有着同样的口音，正热情地召唤着你。

青年必读书手册

1997 年 11 月，中国青年出版社推出了一本《青年必读书手册》，印数 16000 册。我想，这本手册对当时青少年的影响是较为广泛的，因为这本书的目的不是服务于“藏书”，而是引导“读书”，对于正处于“海绵”状态的青少年是非常有益的。

正如这本书封面上所写的：“用最少的时间读 130 部最有用的书。”可以说，这是一本“书海导航”，是一张书海“航行图”，有了它的指引，青少年读者不需要冒着“触礁”的危险，就能领略“书海”的无穷魅力，寻找到属于自己的“珍宝”。

如果有人进行过统计，就会知道一份推荐书目的效力。在青少年读者的书架上，有多少书，是通过书目的推荐、介绍，令读者产生阅读兴趣，进而搜索购买的。我相信，这会是一个惊人的数字。

当然，当读者在买书这条路上摸爬滚打渐渐成熟之后，他对于推荐书目的需求会逐渐减少，因为所有的书都是一个“路标”，所有的书都会将你引向另一本书，它们共同组成了一棵“书树”，这棵“生命之树”，每天都会长出许多新绿，而每一片树叶上，都布满了令人沉醉的诗篇。

中国读书大辞典

20年前，当我还只有两三架图书时，我的书架上就有一部厚重的《中国读书大辞典》，它使我足不出户就能遍览“名人读书史迹”，窥探“名人读书生活”，共享“名人读书方法”。

“古今阅读理论”“古今图书知识”令人大开眼界，“读书门径录”径直把读者引向了一条阅读的“康庄大道”。“工具书使用方法”对“辞书控”来说是非常适用的。

“中国古典名著导读”“中国近现代名著导读”“汉译世界名著导读”则是一位热情的导游，带你领略阅读的风景。

手头的这部《中国读书大辞典》，是1993年5月第1版，1995年5月第3次印刷的，1500多页的大部头，定价仅36元，印数达到26500册，足够满足全国两万多名书虫的需求。

记得有一次，有一位同好者来家中做客，席间闲聊时，我向他提及我从厦门带回的这部辞典，他立刻两眼放光，放下碗筷，迫不及待地来到我的书房，爱不释手地翻阅着这部辞典。后来，他到厦门逛书店时找到了这部辞典，异常兴奋。这种如获至宝的感受，相信每个爱书人都深有体会。

这部读书大辞典，是名副其实的“读书人自己的工具书”。“吃水不忘挖井人”，我们也不应忘记这部书的两位主编——徐雁、王余光，以及阵容强大的学术顾问、编委、主要撰稿人。

当我成为一个“微博控”，我也不忘搜索我的“挖井人”。2011 年 11 月 27 日，我通过微博，给徐雁先生发了一封简短的私信——“多年前买过您主编的《中国读书大辞典》，还买过您的书话作品，今天终于找到您的微博。”

直到 2013 年 11 月 17 日，时隔近两年，我突然收到徐雁先生的回信——“《中国读书大辞典》内蕴知识尚未中衰，而《全民阅读推广手册》方兴未艾也。”

徐雁先生的回信虽然很简短，但是却传达了不少信息。

首先，《中国读书大辞典》出版虽然已有 20 年，信息极易中衰，但“知识之树”却能常青，这部辞典所蕴含的知识仍未过时。

其次，同样由徐雁先生主编，出版于 2011 年 11 月的《全民阅读推广手册》，则以更加贴近时代的视角，介绍了阅读机构、导读书目、读书媒体，以及方兴未艾的数字化阅读等内容。

看着这部厚重的《中国读书大辞典》，我忽然想起《笑林广记》里的一则笑话：一书生租僧房读书，每日游玩。一个午后，书生叫书童为其取书。书童取来《诗经》，书生看了一眼，说“低”。书童又取来《易经》《论语》，书生仍嫌“低”。这令僧人大为诧异，僧人认为，这三本书只要精通其中一种，即可称为饱学之士，这个书生怎么都嫌“低”？原来，书生要睡午觉，叫书童取书来不是为了读，而是为了拿书当枕头呢。

假如这个书生生活在当代，那么《中国读书大辞典》应能满足其需求，既有可读性，又具参考性，所谓“三更有梦书当枕”，以这部辞典的厚度，想必这个书生不会再嫌“低”了吧。

世纪学人　百年影像

山东画报出版社于2001年出版的《世纪学人　百年影像》，是我见过的“最好看的影集”。这部影集，印数仅3000册。

这本书同样是一本很有“耐心”的书，在它来到书店之后，就一直静静地等待着。直到十年后，我终于注意到它的存在，并为此而感到深深的内疚。它就站在书架的顶格，我试着把它拿下来，却发现它的沉重。

我开始翻动它，它的每一页都是那么厚重，我感到来自腕部的巨大压力，要以站立的优雅姿势翻阅完这部500多页、大16开的影集，无疑需要漫长的时间。我找了个位置坐下来，将肘部支在大腿上，有了这个支点，我终于可以较轻松地翻阅这部影集。

我终于明白，这是一本属于我的书。我想，在这家书店里，不会再有第二个读者对这部影集产生情感，而它也一直在等待着我，我为此而感动。虽然封底的定价超出我的预期，但是我不会因此而放弃。

在那个美好的下午，我在书店里从头到尾翻阅了这部影集，时光安静地走着，没有任何干扰，没有书店店员来阻止读者“看完”一部定价高昂的影集。

当我翻阅完这部影集，我和它之间已经建立了密不可分的联系，我要做的就是把它带回家，摆上我的书架，并时常翻阅它、安抚它。

这部影集视角新颖，对于读者了解和感受社会科学家的风采很有帮助。任继愈先生在序言中这样写道：“这部影集以人物肖像为主，把近照和青年照摆在一起，构成了一幅人生经历的缩影，加上本人的手书，面貌与心声互相衬托，凝结焕发出一种强烈的人格力量；配上简明的文字，记载其主要生平和学术成就，图文浑然一体，鲜明生动地展示出一代学者的风范。”

这部影集的封面设计也很值得玩味。在封面上，隐约可见一圈年轮，用手触摸，凹凸有致。十年树木，百年树人，这是人的年轮，经历百年风雨，留下的时光的印记。

在翻阅这部沉重的影集时，我的心情也是沉重的。我不会忘记侯艺兵在“后记”中的声声叹息，虽然他极力与时间赛跑，却发现自己总是远远地落在后面。在策划这部影集时，拟定的名单皆为健在的学人，采访摄影工作开始于1995年，但是到影集推出时，影集所收录的262位学人中，已有60多位相继辞世。

我也不会忘记，在影集尚在制作中时，一位学人给侯艺兵寄去的那封信，老人在薄薄的信纸上直言不讳地写道：“我们相识四年，我已年近九旬，尚未见到你的影集出版，你不守信用！”看上去像是老人对侯艺兵的“质问”，实际上，这是老人面对时光的流逝，内心发出的真实感受，他着急啊，已经年近九旬，不知道还能等多久。

但是，有时一本好书的“孕育”过程，比“十月怀胎”还要漫长。这部影集经历了6年的“孕育”才得以诞生，沉甸甸地来到我们手中，而且，数量是那么少。

我不知道书中的学人中，有多少人等到了这部影集，但我能感受到他们翻开这部影集时的那份喜悦，他们终于等到了这份沉甸甸的“礼物”。对他们来说，这无疑是时光给予他们的最好的馈赠。

时光匆匆流逝，学人们的音容笑貌却将随着光影的定格而长存于世。

不够袖珍的口袋书

“企鹅口袋书·伟大的思想”系列是值得广大爱书人关注的一套丛书。

这套丛书自2004年开始出版。在中国，英汉双语版目前已推出六辑合计60种，封面装帧秉承了企鹅版图书一贯的风格，如果买齐这套书，平展出来，应该是非常赏心悦目的。

这套丛书的开本，感觉比36开略大，又比32开略小，总之，不够袖珍，想放进上衣口袋还是有点勉强，而且由于是英汉双语版，书的厚度增加了一倍以上（以一本200页的书为例，中文版占80页，英文版占120页），否则，倒还真是方便随身携带的好读物。

这套丛书收录伟大的思想家、先驱、激进分子和梦想家的著作，他们的思想撼动了旧有的文明，并塑造了我们现在的样子。通过这套丛书，读者可以再次与一些非小说类经典作品面对面地进行交谈。

对于丛书，我们总是习惯先买一两种来“尝鲜”“探路”，我最先入手的是托马斯·厄·肯培（又译托马斯·坎普藤）的

《论内心生活》。

我在伯利《书之爱》的扉页上，曾无数次阅读着出自坎普藤《效法基督》中的那段引语，虽然我无法找到《效法基督》（又译《诗主篇》）这本书，但是能够看看坎普藤的其他著作，也是一种很好的慰藉。

在《论内心生活》中，哪怕随意翻开一页，你都将得到来自肯培的忠告，他将启迪你的思想，指导你过一种有益身心的“内心生活”，追随他的脚步，便是追求谦逊的品格，你将得到强大的信念力量。

书籍无疑具有强大的力量，它可以改变一个人的内心世界，甚至可以改变整个世界。那么，书籍是如何在潜移默化中改变这个世界的？丛书出版者对此进行了总结：

1. 书籍扭转了我们看待世界、自身以及他人的方式。

2. 书籍引发争论，产生异见，挑起战争，催化革命。

3. 书籍发人深省，激发愤懑，鼓动情绪，提供慰藉。

4. 书籍丰富了我们的生活，同时也摧毁我们的生活。

我想，如果这套不够袖珍的口袋书，能够将中文版单独抽出，变为 64 开本（就像《书之爱》那样），我将很乐意在上衣的另一个口袋里放上这么一本。

写在后面的话：
给爱书人的信

我爱看书信、日记，在这些书信、日记中，学者、作家们可以说是毫无掩饰地袒露着自己的内心世界。

多年来也陆续搜集了一些书信、日记。

国外的有：卢梭书信，康德书信，济慈书信，克尔凯郭尔日记，陀思妥耶夫斯基书信、日记，福楼拜书信，契诃夫书信，里尔克书信，克利日记，伍尔夫日记，卡夫卡书信、日记，维特根斯坦书信，茨维塔耶娃书信，海明威书信，奥威尔书信、日记，伯林书信，卡尔维诺书信，格瓦拉日记，普拉斯书信，等等。

国内的有：张元济日记，鲁迅书信、日记，周作人书信，黄侃日记，胡适日记，茅盾书信，郁达夫书信、日记，徐志摩书信、日记，朱光潜书信，丰子恺书信、日记，郑振铎日记，老舍书信、日记，夏衍书信、日记，朱湘书信，罗念生书信，傅雷书信，师陀书信、日记，季羡林日记，朱生豪书信，启功日记，夏济安日记，吴兴华书信，扬之水日记，等等。

从这些书信、日记中，我们往往可以窥见一个更加亲切的身影。

朱光潜先生留学英国时，一边阅读，一边写作，他发现边阅读边写作是一个很好的学习方法，同时，还可以挣点稿费补贴清贫的留学生活。他以广大青年朋友为收信人，写下了《给青年的十二封信》，这本小册子在当时乃至现在，都可以说是一本“畅销书”，而每一个青年或曾经年轻的读者，都是收信人。

有一个收信人是幸福的。如今已没有多少人提笔写信，我多么希望也能收到这样的信件——信里谈到你所读的书，所走过的路。

有那么一段时间，我非常喜欢《我多么羡慕你》这首歌，其中一段歌词令我难以忘怀：“我多么想念你，当时间都失去了意义，穿越思念后，等成信箱，让你需要的时候可以投递。”

我想，不妨把这本书作为一个爱书人向这个世界寄出的信，信里写着他读过的、爱过的书，以及他的梦想。作为收信人，你该知道，他正焦急地等待着你的回信。

增补版后记

“书籍是幸福时期的欢乐，痛苦时期的慰藉。”幸福感总是那么短暂，在等待幸福来敲门的那些漫长而孤寂的时光，希望你是和书一起度过的。

阅读是一座随身携带的避难所。脚步再匆忙，也不要忘记，随身带上你的“避难所”。要永远记得，世界上最好的慰藉来自书籍。正是为了回报给予我们无限慰藉的书籍，我写下了《书籍的慰藉》这本书。

《书籍的慰藉》初版于 2014 年。这本书出版后，引起许多读者的共鸣，对于作者来说，最幸福的事莫过于此。正如一位读者所说：“《书籍的慰藉》是一本属于我们的书，这本书像《查令十字街 84 号》《嗜书瘾君子》一样，每个爱书人都会从中读到自己。”

《书籍的慰藉》同时也是一个爱书人向这个世界寄出的信。随着书籍销往全国各地，很快，我陆续收到各地读者的回信，其中一位上海的读者一共写了 22 封回信，我一直珍藏着这份记忆。这无疑是作者与读者之间最有趣的互动，读者在阅读的同时，记忆之门也随之打开，你会发现，自己原来有那么多与书有关的故事想要与这个世界分享，而在不远处，就有一个信箱，等待着你的投递。

这个信箱装满了与《书籍的慰藉》有关的记忆：各地读者发来《书籍的慰藉》书影，告知这本书已抵达其所在的城市；《书籍的慰藉》登上香港《大公报》“先锋书榜”人文社科类第二名；《书籍的慰藉》被列入苏州慢书房“寄一本书给重要的人”书单；热心读者边读边记下书中所提到的书，罗列了一份长长的书单……这个信箱，也收藏着不少读者许下的心愿：希望《书籍的慰藉》再版的时候能做成“小精装”。

2018 年年底，《书籍的慰藉》在京东、当当等网络书店开始处于无货状态，读者要求再版的声音再次通过各种渠道传来，我也开始朝着这个方向去努力，希望能够尽快满足读者的需求。

现在，在金城出版社和责任编辑雷燕青女士的支持和帮助下，《书籍的慰藉》终于以增补版的全新面貌出现在读者的面前，在此致以衷心的感谢。

愿这本书伴随你度过幸福时期的美好时光，带给你温暖与欢乐。